LA PIÈCE DE THÉÂTRE

MEG CABOT

LA PIÈCE DE THÉÂTRE

ALLIE PUNCHIE

TOME 4

Traduit de l'anglais (États-Unis)
par Josette Chicheportiche et Fabienne Duvigneau

L'édition originale de cet ouvrage
a paru en langue anglaise
chez Scholastic Press,
sous le titre :
Allie Finkles's Rules for Girls – Stage Fright

Règle n° 1

Vos amies vous aimeront encore plus si vous leur dites des choses qui leur font plaisir

C'est incroyable ! On peut avoir une vie normale, et hop, du jour au lendemain, il se produit un événement qui vient tout bouleverser.

Je ne plaisante pas. C'est ce qui m'est arrivé à moi, une fille tout à fait ordinaire, attention, avec qui on ne s'ennuie pas, évidemment, parce que je suis bonne en maths et en science, et que je suis une super grande sœur pour mes deux monstres de petits frères – sans compter que je m'occupe très bien de mon chat, d'ailleurs, je veux devenir vétérinaire plus tard –, mais je ne suis pas non plus quelqu'un de particulièrement fantastique, je suis juste normale quoi. Et comme je le disais, un jour, il se passe quelque chose qui change tout.

Oh, je ne parle pas d'extraterrestres qui descendraient de leur vaisseau pour m'annoncer que je suis leur reine et qu'ils me cherchent depuis des années dans toute la galaxie (ils m'ont reconnue grâce à la tache de rousseur que j'ai au coude), et qui ensuite me demanderaient de les suivre sur Voltron, une planète entièrement fabriquée en bonbons, où j'aurais une licorne avec des ailes comme animal de compagnie, et où j'apprendrais en plus que je suis vétérinaire, ce qui m'éviterait de devoir faire quatre ans d'études à l'université, plus quatre ans d'internat, plus encore trois ou quatre ans de spécialisation, comme c'est nécessaire pour obtenir le diplôme de vétérinaire sur la planète Terre.

En même temps, ce serait assez classe.

Non, l'événement qui a changé ma vie, c'est que ma mère est devenue une star de la télé. Bon, d'accord, pas tout à fait une *star*.

— Ce n'est qu'un mi-temps, a-t-elle précisé le soir à table, après être rentrée de son autre travail à mi-temps.

(Ma mère est conseillère d'éducation à la fac, ce qui veut dire qu'elle conseille les étudiants qui ne savent pas quels cours suivre. Elle peut les orienter par exemple sur les cours d'informatique que mon père enseigne dans la même fac.)

— Je vais présenter des critiques de films pour l'émission *Bonnes Nouvelles !* a-t-elle expliqué.

On était tous complètement ahuris. Parce qu'aucun d'entre nous ne savait qu'elle avait postulé pour devenir critique de cinéma à *Bonnes Nouvelles !,* une émission super connue. Pas dans le monde entier, évidemment. Grand-mère n'en avait jamais entendu parler quand elle est venue nous rendre visite.

Mais ici, tout le monde la connaît. Même qu'Erica, ma meilleure amie, y est passée. Les caméras de *Bonnes Nouvelles !* sont venues dans son cours de gym pour filmer l'entraînement avant le championnat régional de gymnastique (Erica n'a pas été sélectionnée, mais on la voit en train d'apporter de la craie à une fille qui est arrivée vingtième).

Missy, la grande sœur d'Erica, on l'a vue plein de fois dans *Bonnes Nouvelles !* Elle est majorette dans la fanfare de son école, et *Bonnes Nouvelles !* propose toujours des reportages sur diverses manifestations, par exemple sur des concours entre différentes fanfares. Il y en a même eu un sur le concours organisé par la foire régionale. C'était à celui qui mangerait le plus de gâteaux. John, le grand frère d'Erica, y a participé. Sauf qu'il a été disqualifié quand la mère d'Erica a dit aux juges qu'il était mineur.

Bonnes Nouvelles ! passe juste après les informations du soir, avec la même journaliste qui présente le journal. Lynn Martinez. Elle se contente juste d'enlever ses lunettes, de mettre un haut à paillettes, de s'ébouriffer les cheveux, et hop, les nouvelles se transforment en *Bonnes nouvelles !* Du coup, on peut tout oublier des mauvaises nouvelles qu'on vient d'entendre et écouter les bonnes nouvelles qu'annonce Lynn, comme le nom du dernier restaurant qui vient d'ouvrir, d'une pièce de théâtre qui se joue en ce moment ; ou bien on apprend que les personnes âgées de la maison de retraite se sont mises au hip-hop ou que la chatte de quelqu'un a nourri un bébé faon orphelin et qu'elle l'a sauvé de la mort ; ou que quelqu'un d'autre organise un marathon pour collecter des baskets qu'il enverra aux Africains qui n'ont pas les moyens de s'en acheter.

Vous avez compris ? Ce ne sont *que* des bonnes nouvelles. Et c'est pour ça que l'émission s'appelle *Bonnes nouvelles !*

Et ma mère va y participer ! Elle va participer à une émission télévisée super géniale ! C'est fantastique d'être la fille d'une star, non ?

— Elizabeth, a dit mon père, fier mais légèrement surpris, je ne savais pas que la télé t'inté-ressait.

— J'ai vu l'annonce dans le journal, a répondu ma mère, et j'ai pensé que ça pouvait être amusant. Tu te souviens, je faisais des critiques de film pour le ciné-club de la fac autrefois. Ce sera un peu différent de les présenter devant la caméra, mais globalement, l'idée est la même. J'avoue que je suis assez excitée à la perspective de recommencer.

Je reconnais que ma mère n'est pas vraiment une star, parce que *Bonnes Nouvelles !* n'est pas diffusé dans tout le pays. Mais à mon avis, à cause de son nouveau travail, ma vie risque de ne plus jamais être comme avant. Je suis persuadée que d'ici peu, les paparazzi vont assaillir notre maison. On aura peut-être même besoin de gardes du corps ! C'est vrai, quoi. Ce n'est pas rien quand votre mère travaille pour *Bonnes Nouvelles !*

— En fait, je pense que je suis la seule à avoir postulé, a continué maman, parce qu'ils m'ont embauchée tout de suite après l'entretien. J'ai l'impression qu'il n'y a pas beaucoup de critiques de cinéma dans cette ville, surtout de critiques qui veulent travailler pour une chaîne câblée diffusée uniquement dans la région.

Sauf qu'elle se trompe. La raison pour laquelle ma mère a été embauchée, c'est qu'elle est la plus cool et la plus belle de toutes les mamans. Je le sais, parce que j'en ai rencontré plein d'autres.

Par exemple, la mère de Mary Kay Shiner, mon ancienne meilleure amie, avait un super boulot dans un cabinet d'avocats. Quand elle parlait dans son téléphone portable, elle disait toujours des trucs comme : « Nancy, il me fallait ces dépositions hier ! »

Et la mère de Brittany Hauser, mon autre ancienne meilleure amie, a un chat qui s'appelle Lady Serena Archibald et des chaussures à talons magnifiques, avec des vraies plumes dessus.

Mais aucune des deux n'est aussi cool que ma mère, qui retape une vieille maison pour la rendre de nouveau très jolie (même si personnellement, je trouve qu'elle met longtemps. D'un autre côté, personne n'a une chambre aussi belle que la mienne. Quand mes amies viennent et qu'elles la voient pour la première fois, elles s'extasient toutes devant le papier peint et les rideaux en dentelles).

Alors, je n'ai pas raison ?

— Ça m'étonnerait, a déclaré mon père.

Lui ne croyait pas que ma mère avait été prise parce qu'elle était la seule à avoir répondu à l'annonce.

Il a posé sur la table la pizza que maman, pour fêter sa nouvelle embauche, avait commandée chez Pizza Express (là où travaille Oncle Jay).

Même si Harmony, la petite amie d'Oncle Jay, n'était pas d'accord au début, livreur de pizza, c'est le meilleur métier qu'a jamais exercé Oncle Jay. Vous savez pourquoi ? Parce qu'il récupère toutes les pizzas pour lui quand il y a une erreur d'adresse. Et gratuitement !

Mais ce soir-là, bien qu'Oncle Jay ait été avec nous, on avait payé la pizza, vu que c'était une occasion spéciale.

— Je suis sûr que des tas de gens très doués ont postulé, a repris mon père, mais ils t'ont retenue parce que tu t'en es le mieux sortie à l'entretien. Tes critiques de film, à la fac, étaient très appréciées. Tu as toujours eu un avis original.

— Ça, c'est vrai ! me suis-je exclamée en retirant la sauce tomate de ma part de pizza sous le fromage fondu.

Parce que l'une de mes règles, c'est : *Ne jamais rien manger de rouge*. Très franchement, je préfère la pizza blanche aux trois fromages, mais comme je suis la seule de la famille, on n'en commande jamais. J'en mange seulement lorsque Oncle Jay doit en livrer une et que Pizza Express s'est trompé dans la commande.

— Tu fais toujours plein de commentaires sur *Hannah Montana*, ai-je ajouté.

— D'accord, a concédé maman. Je veux bien vous croire.

— Quel est le premier film que tu dois présenter ? a demandé Oncle Jay.

Oncle Jay ne vit pas avec nous, mais il est souvent à la maison, même s'il a une petite amie, un travail et qu'il suit des cours à la fac.

Ma mère a jeté un coup d'œil à la feuille de papier qu'on lui avait donnée à *Bonnes Nouvelles !* et a répondu :

— Je crois que ça s'appelle *Requiem pour un somnambule*...

— Ouh ! a fait Oncle Jay, à mon avis parce que *Requiem pour un somnambule* ne devait pas l'inspirer énormément.

Et si vous voulez savoir, moi non plus, ça ne m'inspirait pas trop.

— Formidable ! a dit mon père. Je suis sûr que tu auras plein de choses à dire.

— Nous aussi, on va passer à la télé ? a demandé Kevin, mon petit frère.

— Qu'est-ce qu'on irait faire dans l'émission de maman ? a rétorqué Mark, mon autre petit frère.

Comme d'habitude, il parlait la bouche pleine, donc il allait à l'encontre de deux de mes règles : *il faut fermer la bouche quand on mange* et *on ne parle pas la bouche pleine*. Avec deux petits frères qui ne respectent aucune règle de bonne conduite à table, ma vie est un combat perpétuel.

— Parce que souvent les enfants des stars passent à la télé, a répondu Kevin. Quand ils vont aux premières des films avec leurs parents, par exemple.

Je n'avais pas pensé aux premières, mais Kevin avait raison ! On accompagnerait ma mère aux projections des films avant leur sortie. Les critiques de cinéma vont toujours voir les films avant tout le monde. Ça fait partie de leur travail. Comment autrement pourraient-ils prévenir les gens que le film est mauvais ?

Du coup, on rencontrerait des tas de vedettes ! Comme Miley Cyrus, peut-être.

— Je ne serai certainement pas invitée aux premières des films, a dit ma mère. *Bonnes Nouvelles !* n'est qu'une toute petite émission diffusée par une chaîne locale. Par ailleurs, les premières ont généralement lieu à Hollywood, et on habite beaucoup trop loin.

Je ne vous cache pas que j'ai été déçue. Comme Kevin, moi aussi je pensais qu'on passerait tous dans l'émission de maman. Ou au moins que ma vie allait changer maintenant que j'étais la fille d'une célèbre critique de cinéma, et non pas la fille d'une conseillère d'éducation et d'un prof de fac.

Ne vous méprenez pas, je n'ai rien contre ces deux professions. C'est juste qu'elles sont moins… drôles.

Quand je suis allée me coucher, j'ai annoncé à Micha, mon chat – qui, soit dit en passant, grandit super vite ; il pèse déjà trois kilos, ce qui, d'après le vétérinaire, Dr. Lorenzo, est exceptionnel pour son âge. Bref, j'ai dit à Micha que nos chances de tirer le gros lot étaient désormais quasi nulles.

— À mon avis, tu ne feras pas une grande carrière à Hollywood, lui ai-je expliqué tandis qu'il ronronnait, couché contre moi.

Il adore se mettre dans cette position, et même si je trouve ça plutôt agréable, je peux vous assurer que ce n'est pas très pratique pour dormir.

Le lendemain matin, sur le chemin de l'école, quand j'ai raconté à mes meilleures amies, à savoir Erica, Sophie et Caroline, que ma mère avait été embauchée à *Bonnes Nouvelles !*, elles ont réagi avec enthousiasme.

— Je te parie qu'elle t'invitera à participer à l'émission ! a déclaré Sophie. Quand elle présentera la critique d'un film pour enfants, par exemple.

— Ah bon ? me suis-je exclamée. Tu crois ? Je n'avais pas pensé à ça !

— Bien sûr ! a continué Sophie. Elle voudra forcément connaître l'avis de son public. C'est toi, le « public ciblé ».

On avait appris l'expression dans les magazines pour ados qu'achète Missy, la grande sœur d'Erica,

16

et qu'on n'a pas exactement le droit d'emprunter, même si on ne s'en prive pas dès qu'elle s'absente pour aller à la fanfare, ou qu'elle s'enferme dans la salle de bains pour essayer un nouveau traitement contre les boutons.

Puisque Sophie m'assurait que je passerais à la télé, j'étais de nouveau tout excitée. Encore plus excitée que si j'avais appris que j'étais la reine d'un peuple d'extraterrestres. Parce que Sophie m'a affirmé – et Caroline et Erica étaient d'accord – que c'était bien plus intéressant d'avoir une mère critique de cinéma à la télé que d'être la reine d'un peuple d'extraterrestres. Tout simplement parce que c'est plus réaliste.

— Tu as tellement de chance, a soupiré Erica. J'aimerais bien que ma mère travaille pour la télé aussi. Au lieu de ça, elle tient un magasin d'objets de collection.

— Et la mienne, alors ! s'est plainte Caroline. Elle est doyenne d'une université. Dans le Maine, en plus.

Évidemment, comparé à *Bonnes Nouvelles !*, ce n'était pas terrible.

— Peut-être que ma mère nous invitera toutes les quatre, ai-je dit.

En réalité, je n'y croyais pas tant que ça. Je veux dire, au fait que ma mère m'inviterait – ou nous inviterait, mes amies et moi – à son émission de

17

télé. Mais *vos amies vous aimeront encore plus si vous leur dites des choses qui leur font plaisir.* C'est une règle.

— Moi, quand je participerai à l'émission de maman, je mettrai un pantalon en velours, a déclaré Kevin.

Comme Kevin est encore en maternelle et que je suis l'aînée, je dois l'accompagner à l'école tous les jours (et le ramener à la maison aussi). Mais ça ne me dérange pas trop, parce que les grandes de C.M.2 le trouvent super mignon et que, grâce à lui, je n'ai jamais été embêtée. Pas par les grandes de C.M.2, en tout cas.

— C'est ça, oui..., ai-je fait.

Kevin n'a même pas de pantalon en velours. Il a beau crier et supplier, ma mère refuse de lui en acheter. Elle dit qu'ils sont trop difficiles à boutonner.

— On devrait commencer à réfléchir à notre tenue, a repris Sophie sans prêter attention à Kevin. Au cas où... Moi, j'ai des leggings que j'avais achetés pour Halloween, avec des toiles d'araignée argentées. Ils iraient super bien avec ta jupe plissée, Allie.

Juste à ce moment-là, on s'est avancées sur la pelouse qui entoure l'école. Il avait plu pendant la nuit et l'herbe était toute mouillée. Alors qu'on piétinait dans la boue, une voiture s'est arrêtée derrière nous. La portière côté passager s'est ouverte et Cheyenne O'Malley, la nouvelle (elle est arrivée du Canada il n'y a pas longtemps parce que son père a pris une année sabbatique), est sortie, dans un imperméable rose vif, avec un parapluie et des bottes en caoutchouc assorties pour le cas où il pleuvrait encore dans la journée. Elle a refermé la portière et, quand elle est passée à côté de nous, avant d'aller rejoindre ses amies Marianne et Dominique près des balançoires, elle a tapé du pied droit (il y avait des cœurs roses sur ses bottes) dans une énorme flaque d'eau et nous a éclaboussées.

Exprès.

Et elle a éclaté de rire en nous voyant contempler nos vêtements tachés.

— Oh ! Désolée ! Mais ce n'est pas de ma faute, moi, si vous venez à pied à l'école parce vos parents ne veulent pas vous amener en voiture !

Et elle a couru vers M et D (c'est comme ça que Cheyenne appelle Marianne et Dominique), qui se sont esclaffées quand elle leur a raconté le tour qu'elle venait de nous jouer. Puis elles se sont mises à parler toutes les trois de l'épisode d'une série qu'elles avaient vu la veille.

— Tu sais quoi, Allie ? a déclaré Sophie d'un air songeur en frottant la boue sur son manteau.

Avec une mère qui passe à la télé, tu vas devenir très populaire. Personne d'autre à Pine Heights n'a une mère célèbre. Même pas Cheyenne, et c'est la fille la plus populaire de l'école.

— Pas du tout, a protesté Caroline. Cheyenne est juste la fille qui se fait le plus remarquer.

— De toute façon, ai-je tranché, *ce n'est pas important d'être populaire. Il vaut mieux être gentille et bien s'entendre avec tout le monde.*

C'est une règle.

— Je suis d'accord avec toi, a reconnu Sophie. Mais je dis seulement que ça ne peut pas faire de mal. C'est quand, la première émission de ta mère ?

— Euh… Jeudi soir, je crois. Pour que les gens sachent quels films aller voir pendant le week-end.

— Bon. Alors, vendredi matin, tu seras la fille la plus populaire.

— Tu crois ?

Encore une fois, je le répète : être populaire ou non n'a aucune importance. Mais tout à coup, je me suis dit que ce serait quand même assez classe d'arriver à l'école autrement qu'en pataugeant dans la boue et en tenant la main poisseuse de mon petit frère. Et si, au lieu de marcher, Erica, Sophie, Caroline et moi, une limousine blanche nous déposait ? Qu'est-ce que Cheyenne et ses amies M et D diraient, *hein* ?

Si vous voulez mon avis, ce serait nettement mieux que des extraterrestres qui débarqueraient pour m'emmener vivre sur leur planète en bonbons, où j'aurais une licorne avec des ailes comme animal de compagnie.

Mais est-ce que ça allait vraiment se passer ?

Pour le savoir, bien sûr, il me fallait attendre.

Règle n° 2

On n'embrasse pas quand on est en C.M.1

Mme Hunter, ma maîtresse, qui est la plus jolie maîtresse que j'aie jamais eue – même qu'elle pourrait passer à la télé si elle voulait –, a commencé la classe en disant qu'elle avait quelque chose à nous annoncer.

J'étais pratiquement sûre qu'elle allait faire une remarque sur ma mère et sur son nouveau travail à *Bonnes Nouvelles !* Comment elle l'aurait appris, ça, je n'en avais aucune idée. Peut-être qu'elle avait commandé une pizza chez Pizza Express et qu'Oncle Jay l'avait mise au courant. Un jour, j'ai demandé à Oncle Jay s'il avait déjà livré une pizza à Mme Hunter, parce que j'étais curieuse de savoir où elle habitait. (Dans une maison ou dans un appartement ?) Oncle Jay m'a répondu qu'il n'avait jamais livré de pizza à Mme Hunter.

Mais depuis, peut-être que si ?

Bref, on a tous attendu en silence que Mme Hunter reprenne la parole. Parce que malgré son gloss, son ombre à paupières et ses bottines à talons, Mme Hunter est très intimidante, parfois.

Personnellement, j'espérais qu'elle parlerait de ma mère, rien que pour faire regretter à Cheyenne de nous avoir éclaboussées devant l'école. J'imaginais déjà que Cheyenne me supplierait de l'inviter chez moi, quand elle saurait que ma mère passait à la télé. Je ne comptais pas l'inviter, bien sûr. Pas après la façon dont elle nous avait traitées, mes amies et moi ! De toute façon, Cheyenne n'aime pas jouer aux espionnes (quand on marche tout doucement autour de la maison pour espionner les gens à l'intérieur sans être vues), ni faire des expériences scientifiques (quand on mélange tous les produits d'entretien de la salle de bains pour essayer de fabriquer une bombe. On n'a jamais réussi, je vous rassure, mais on est arrivées à des mélanges qui sentent super mauvais).

Cheyenne n'aime jouer qu'à un seul jeu : téléphoner aux garçons et leur demander s'ils l'aiment. *Cheyenne n'est pas marrante.* C'est une règle.

Mais quand même, ça ne me déplairait pas de lui répondre : « Non, je n'ai pas envie », si elle

24

me demandait de l'inviter à déjeuner (Cheyenne trouve que ça fait bébé de rentrer déjeuner à la maison ; forcément, elle mange à la cantine).

Pour en revenir à Mme Hunter, j'espérais qu'elle n'allait pas nous annoncer qu'elle partait en congés et qu'on aurait un remplaçant. C'était déjà arrivé une fois, et je n'en gardais pas un très bon souvenir. Surtout le premier jour, quand M. White, le remplaçant, était entré dans la classe. Certains garçons avaient en effet décidé de profiter de l'absence de Mme Hunter pour changer de place ; ils trouvaient ça rigolo de se faire passer pour un autre. Stuart Maxwell nous avait même donné cinq paquets de Fraises Tagada à Rosemary et à moi pour qu'on ne dise rien.

Bref, on redoutait tous le retour de M. White – parce que c'est assez gênant de voir un adulte pleurer. C'est ce qu'il avait fait.

— Toutes les classes de l'école, a repris Mme Hunter, vont commencer à préparer la fête du printemps. À cette occasion, vos parents sont invités à venir voir un spectacle. Chaque classe a droit à une soirée et doit proposer quelque chose de différent. Par exemple, la classe de Mme Danielson présentera une pièce sur l'arrivée des pionniers dans la région.

Mon estomac s'est retourné à ce moment-là. Non pas parce que j'étais inquiète à l'idée de ce qu'on allait devoir montrer aux parents. Mais parce qu'une pièce sur l'arrivée des pionniers, il n'y a rien de plus ennuyant. Excusez-moi, mais le mois dernier, on est allés visiter une école-musée avec la classe de Mme Danielson, et c'était horrible. Si j'avais fait partie des premiers colons qui ont débarqué aux États-Unis, je serais retournée dare-dare dans mon pays d'origine. Vous savez quoi ? Quand ils voulaient aller aux toilettes, ils devaient sortir ! Oui, oui, parce que les toilettes étaient à l'extérieur, si vous voyez de quoi je parle.

Et tous les élèves étaient regroupés dans la même salle. Ce qui veut dire que j'aurais passé *toute la journée* avec mes deux petits frères ! Déjà que ce n'est pas drôle de vivre dans la même maison qu'eux, alors passer en plus la journée dans la même classe ? Non, merci.

J'espérais que ce qu'on présenterait, nous, n'aurait rien à voir avec les pionniers ni avec n'importe quelle période de l'histoire. Très sincèrement, ça ne me tentait pas trop d'enfiler des habits d'autrefois et de raconter devant les parents qu'on devait marcher pendant une dizaine de kilomètres pour aller acheter du lait. Euh… sans moi, s'il vous plaît.

— Comme vous avez tous fait preuve d'énormément de maturité dans vos rédactions sur l'environnement, a continué Mme Hunter, et que vos dessins sur les différents moyens d'agir pour l'écologie à la maison étaient très inventifs, j'ai pensé que l'on pourrait innover cette année.

Je me suis penchée vers Rosemary. Rosemary est assise de l'autre côté de la rangée, entre Stuart Maxwell et moi. Elle s'est penchée à son tour et m'a souri. Je suis sûre qu'elle pensait la même chose que moi sur l'école d'autrefois avec sa classe unique. Sans compter que Rosemary a encore plus de raisons que moi d'avoir peur de cette histoire de pionniers. Elle déteste se mettre en robe. Alors vous imaginez, une jupe longue comme en portaient les femmes avant. Ce serait un calvaire pour elle.

— Bref, a conclu Mme Hunter, nous allons jouer une pièce de théâtre.

On a tous retenu notre souffle, puis on s'est mis à bavarder comme des fous. Une pièce de théâtre ! C'était génial, et elle serait bien mieux que celle de la classe de Mme Danielson !

Je n'ai jamais joué dans une pièce de théâtre. Enfin, sauf dans une toute petite pièce de bébé, quand j'étais en C.P. Je faisais la lettre *A*, parce que mon nom commence par un *A*. Mais ça ne compte pas. Je suis sûre que la pièce de théâtre de Mme Hunter allait être une vraie pièce, et que j'aurais plus de répliques que *A pour abricot et pour… Allie !*

Et avec un peu de chance, je ne trébucherais pas cette fois en arrivant sur scène.

— Madame Hunter ! Madame Hunter ! a appelé Cheyenne en levant le doigt le plus haut possible, comme elle fait tout le temps.

Rosemary dit que c'est une lèche-bottes. C'est un mot que ses grands frères lui ont appris.

— Madame Hunter !

— Oui, Cheyenne ?

Cheyenne a baissé le bras et a dit :

— Est-ce qu'on pourrait jouer *Roméo et Juliette* ? C'est une pièce de théâtre très triste écrite par quelqu'un qui s'appelle William Shakespeare. Ça raconte l'histoire de deux adolescents qui sont amoureux mais que leurs familles séparent.

Tout en parlant, Cheyenne a légèrement tourné la tête et a regardé Patrick Day, qui est assis au dernier rang, à côté de Rosemary. Il était en train de dessiner la voiture de James Bond et il lui avait mis un périscope dont l'extrémité dépassait du toit, des bandes de course sur les portières, et des flammes qui sortaient du pot d'échappement.

On a échangé un regard horrifié, Rosemary et moi. Stuart Maxwell a fait une grimace tandis que Joey Fields, qui est assis à ma gauche, s'est tortillé sur sa chaise, tout excité. À mon avis, c'est le seul élève de la classe, à part Cheyenne, M et D, qui trouvait l'idée de Cheyenne bonne.

28

Shakespeare ? *Roméo et Juliette* ? Je n'affirme rien, mais je suis quasi sûre qu'on s'embrasse dans cette pièce.

En fait, il y a quelques mois, Mme Hunter a interdit les bisous en C.M.1. Et elle a dit que c'était une règle. On n'a pas le droit non plus de « sortir » avec un garçon ou une fille, quand on est dans sa classe.

Il n'y a que Cheyenne qui n'a pas apprécié (et Joey Fields aussi peut-être. Je le soupçonne de rêver secrètement du jour où il aura une petite amie).

Bref, j'étais prête à parier qu'avec sa pièce de théâtre où les personnages s'embrassent Cheyenne cherchait un moyen de contourner la règle de Mme Hunter. En plus, je suis sûre qu'elle voulait jouer le rôle de Juliette et qu'elle pensait à Patrick Day pour Roméo. C'est lui qu'elle veut retrouver sur le pont de Brooklyn le jour de ses seize ans.

Berk !

Quand j'ai vu que Rosemary faisait mine de s'étrangler en tirant la langue, j'ai compris qu'elle pensait encore une fois la même chose que moi. Je dois dire que j'ai eu du mal à ne pas éclater de rire. C'est vrai, quoi. Patrick Day ? Si au moins il était aussi mignon que le Prince Peter, l'amoureux de Sophie. Et ce n'est pas tout. Un jour, je l'ai surpris en train de se curer le nez. Et de…

oui, oui, vous avez deviné. Excusez-moi mais… berk encore.

— Merci pour ta suggestion, Cheyenne, a répondu Mme Hunter.

L'espace d'une minute, je me suis demandé si elle n'était pas en train de réfléchir à la proposition de Cheyenne, mais à mon grand soulagement, elle a ajouté :

— Je ne pense pas que nous soyons prêts pour Shakespeare.

Cheyenne a eu l'air super déçue. *Yes !* On ne jouerait pas *Roméo et Juliette* !

— En fait, a continué Mme Hunter, j'ai pris la liberté d'écrire ma propre pièce, en faisant en sorte d'inclure un rôle pour chacun d'entre vous. Allie, tu veux bien distribuer les feuilles qui se trouvent sur mon bureau ?

Je me suis levée et je suis allée jusqu'au bureau de Mme Hunter (je suis assise au dernier rang, avec les pires garçons de la classe – et avec Rosemary, aussi. On est censées les surveiller. Heureusement, Mme Hunter a installé son bureau au fond de la classe pour les avoir aussi à l'œil. Du coup, quand elle a besoin d'un élève pour distribuer quelque chose, elle demande à Rosemary ou à moi).

— La pièce s'appelle *La Princesse Pénélope au Royaume du recyclage*, a expliqué Mme Hunter.

Elle raconte l'histoire d'une princesse, Pénélope, qui, à la mort de son père, découvre que sa belle-mère, la méchante reine, veut la tuer pour hériter du trône à sa place. Pénélope décide de se sauver et, alors qu'elle cherche à rejoindre la maison de sa marraine, la bonne fée, chez qui elle n'aura rien à craindre, elle traverse un pays étrange et merveilleux, le Royaume du recyclage. Là, elle rencontre toutes sortes de créatures, comme des fées-des-ampoules-fluorescentes, des elfes-des-transports-publics, des dragons-en-papier-recyclé, des sirènes-de-la-conservation-de-l'eau, des licornes-du-débranchement-des-appareils-électriques-quand-on-ne-s'en-sert-pas, et des magiciens-des-bouteilles-d'eau-réutilisables. Tous lui expliquent ce qu'elle peut faire pour sauver l'environnement de sorte que les générations futures puissent continuer à bien vivre dans le royaume de son père, qui commence à souffrir des conséquences de la pollution et du gaspillage de la reine. Puis, les créatures du Royaume du recyclage aident Pénélope à échapper aux méchants soldats envoyés par sa belle-mère pour la tuer.

Génial ! Cette pièce semblait bien plus intéressante que *Roméo et Juliette* ! Des elfes et des dragons ? Des fées et des magiciens ? Et une princesse ? Personnellement, j'étais partante à cent pour cent. Ça avait l'air super ! Je n'en revenais pas que Mme Hunter l'ait écrite toute seule. C'était un vrai travail de professionnel.

Et je voyais bien qu'autour de moi, les autres étaient emballés. En tout cas, ils s'arrachaient les feuilles que je distribuais. Pas seulement les filles. Les garçons, aussi !

Comme elle sentait la vague d'excitation qui parcourait la classe, Mme Hunter nous a mis en garde :

— Attention, a-t-elle expliqué. Ce n'est pas une pièce facile à monter. Il vous faudra apprendre vos répliques par cœur, construire les décors, fabriquer vos costumes, et vous occuper de l'éclairage aussi. C'est un travail qui nécessitera un véritable engagement de la part de chacun. Nous passerons toutes les heures consacrées normalement à l'éducation musicale et artistique à préparer *La Princesse Pénélope au Royaume du recyclage*.

Cheyenne a alors de nouveau levé la main. Elle avait son exemplaire de la pièce posé sur sa table.

— Madame Hunter ! Madame Hunter ! a-t-elle appelé.

Mme Hunter s'est tournée vers elle et a répondu d'une voix légèrement lasse :

— Oui, Cheyenne.

— Madame Hunter, je voulais juste dire, au nom de toute la classe, que cette pièce a l'air formidable, et que j'aimerais bien être la princesse Pénélope.

À peine avait-elle prononcé le nom de la princesse qu'une dizaine de mains se sont aussitôt dressées. Et c'étaient les mains de filles qui semblaient scandalisées par l'intervention de Cheyenne. Parce que toutes les filles de la classe, du moins presque toutes, voulaient aussi être la princesse Pénélope.

— Baissez les mains, a dit Mme Hunter. Vous aurez toutes l'occasion d'auditionner pour le rôle que vous souhaitez interpréter. C'est pour cette raison que j'ai demandé à Allie de distribuer la pièce. Vous allez la rapporter ce soir chez vous et la lire en entier. Choisissez le rôle qui vous plaît et demain je ferai passer les auditions. Je pourrai ainsi décider du rôle qui convient le mieux à chacun. Je vous donnerai ma réponse vendredi, et nous commencerons les répétitions lundi.

C'était bien plus juste comme ça ! Tout le monde aurait droit à un essai, et le meilleur – ou la meilleure – obtiendrait le rôle. Finalement, pour le nouveau travail de ma mère à la télé, ça avait été un peu pareil. Sauf qu'elle était la seule à s'être présentée. En tout cas, d'après elle.

Après avoir distribué tous les textes, je suis retournée à ma place et j'ai ramassé celui que j'avais posé sur ma table. Mme Hunter continuait à parler de la pièce, mais je n'écoutais pas vraiment. J'étais trop occupée à lire.

Hou là ! La princesse Pénélope avait un paquet de répliques. Plus j'avançais dans ma lecture, plus je comprenais qu'elle était, en gros, la star de la pièce. Normal… son nom figurait dans le titre.

Ce serait bien de jouer la princesse, surtout si c'était le rôle principal. Bon d'accord, il y avait beaucoup de répliques à apprendre. Mais comme mes parents seraient fiers en découvrant, le jour de la représentation, que j'étais Pénélope ! Qui sait si *Bonnes Nouvelles !* ne m'intervieweerait pas ? Après tout, j'étais la fille de l'une de leurs présentatrices vedettes.

En plus, je n'aurais même pas besoin de me casser la tête pour le costume vu que j'avais déjà une robe de princesse : la robe à fleurs que j'ai portée l'été dernier au mariage de ma tante Mary (enfin, si elle me va encore). Oui, ce serait parfait ! Elle est longue et le tissu brille comme de l'or. Il suffirait juste que ma mère me fasse un chignon ou deux nattes attachées au-dessus de la tête.

Le problème, c'est que je n'étais pas la seule fille de la classe à vouloir le rôle de Pénélope. Mais bon. J'avais le temps de réfléchir à une solution. Pour l'instant, je devais trouver un moyen pour que Cheyenne n'ait pas le rôle, elle. Et j'allais me faire un plaisir de chercher.

Règle n° 3

C'est méchant de dire à quelqu'un
qu'il va avoir quelque chose
parce que personne n'en veut,
et non pas parce qu'il le mérite

J'étais tellement absorbée par la lecture de la pièce que je n'ai même pas entendu la cloche sonner. Résultat, je n'avais aucune idée de ce qui se passait quand j'ai vu Caroline, Sophie, Erica et Rosemary, debout à côté de ma table, leurs manteaux à la main.

— Oh ! ai-je fait, complètement ahurie.

— Tu ne descends pas en récré ? a demandé Erica.

— Ben oui, tu ne vas quand même pas passer la journée assise ici, a renchéri Rosemary.

— Non, non, ai-je répondu, un peu gênée. C'est juste que je n'ai pas entendu sonner.

— Je vois ça, a dit Sophie en éclatant de rire. Apparemment, la pièce te plaît.

J'ai remarqué à ce moment qu'elle aussi avait toujours son exemplaire à la main.

— C'est vrai, ai-je déclaré en me levant pour me diriger vers les portemanteaux. Ça a l'air bien, non ? Vous l'avez lue en entier ?

— Moi, oui, a répondu Caroline.

Caroline fait partie des élèves de la classe qui lisent le plus vite. Elle a lu tous les Harry Potter en un jour, même les très longs.

— C'est bien, a-t-elle ajouté.

— Vous allez auditionner pour quel rôle ? ai-je demandé tout en enfilant mon manteau.

— Moi, celui de la gentille marraine-fée-des-sacs-de-courses-réutilisables, a annoncé Erica. Parce que j'ai toujours voulu en être une. Une fée, je veux dire.

Ça ne me surprenait pas trop. Erica adore être gentille. Elle se débrouille tout le temps pour stopper les disputes, et elle fait toujours des compliments à tout le monde. Par exemple, elle vous dit que vous êtes belle ou bien habillée, même quand ce n'est pas vrai (c'est en fait une de mes règles : *il faut toujours dire aux gens qu'ils sont beaux, même si c'est faux. Ça leur fait plaisir, et du coup, ils vous apprécient plus.* Erica est très douée pour appliquer cette règle).

— Tu seras super en marraine-fée, ai-je assuré à Erica.

— Toi aussi, tu trouves ? s'est exclamée Sophie. C'est ce que je lui ai dit ! Mais elle a peur de ne pas obtenir le rôle.

— Je ne suis pas une assez bonne actrice, a expliqué Erica. Je me suis présentée l'an dernier au casting de *La Mélodie du bonheur*, quand ils ont monté la comédie musicale à la salle des fêtes, mais je n'ai pas été prise.

— Cette fois, je suis sûre que ça marchera, ai-je affirmé. Je le sais !

Je n'imaginais pas qui d'autre, dans la classe, pourrait jouer la gentille marraine-fée. Tout simplement parce que je ne voyais aucune fille qui *voudrait* le rôle. C'est vrai, quoi. Qui préférerait jouer la marraine-fée plutôt que la princesse ?

Mais bien sûr, j'ai gardé cette réflexion pour moi. *C'est méchant de dire à quelqu'un qu'il va avoir quelque chose parce que personne n'en veut, et non pas parce qu'il le mérite* (c'est une règle).

— Oh, a fait Erica, les yeux pleins de gratitude. Merci, Allie !

Vous comprenez ce que je veux dire ? Erica, c'était la parfaite marraine-fée.

— Moi, je veux jouer un des méchants soldats, a déclaré Rosemary, le regard enflammé. J'aurais peut-être une épée ! Et je tuerai la princesse Pénélope quand elle s'échappe du Château du Plastique Maudit.

— La princesse Pénélope ne meurt pas à la fin, a fait observer Caroline tandis qu'on descendait dans la cour. C'est la méchante reine qui meurt.

— Ah bon ? a fait Rosemary, déçue. Tant pis. J'ai quand même envie d'être un soldat. Et je tuerai Patrick. Et toi, Caroline, tu veux être qui ?

— Je n'ai pas très envie de jouer dans une pièce, a répondu Caroline, à ma grande surprise. Ça ne m'a jamais intéressée. Alors, si je suis obligée de participer, peut-être que je me présenterai pour le rôle de la licorne-du-débranchement-des-appareils-électriques-quand-on-ne-s'en-sert-pas. Mais ce qui me plairait surtout, c'est de m'occuper de l'éclairage, ou des décors.

Quoi ? Comment pouvait-on ne pas avoir envie de jouer dans une pièce de théâtre ? Il fallait être un peu bizarre pour ne pas rêver de monter un jour sur scène, de porter un costume, de faire semblant d'être quelqu'un d'autre devant tout une foule de gens. La seule autre chose qui pourrait être aussi importante, à mes yeux, en tout cas, ce serait d'être vétérinaire et de sauver des bébés animaux. Mais c'est vrai que Caroline est une fille qui a les pieds sur terre. Elle aime le concret.

— Et toi, Sophie, quel rôle tu voudrais ? a demandé Caroline.

À mon grand étonnement, Sophie a baissé les yeux d'un air timide.

— Je ne sais pas, a-t-elle murmuré.

— Tu ne sais pas ? s'est écriée Rosemary. C'est ça, oui...

— Non, je vous promets, a insisté Sophie. Je n'en ai aucune idée. Il y a tellement de rôles qui ont l'air bien.

C'est à ce moment-là que ça a fait tilt dans ma tête : Sophie avait envie d'être la princesse Pénélope ! C'est pour ça qu'elle répondait si timidement. Elle ne voulait pas l'admettre, parce qu'elle est trop modeste et qu'elle ne se croit pas capable de décrocher le rôle principal. Pourtant, c'était exactement ce qu'elle voulait – tout comme moi !

Ne me demandez pas comment je le savais. Je le savais, c'est tout. En fait, je le savais parce que je le voulais aussi.

— Sophie, j'ai trouvé ! s'est exclamée Erica.

On était dans la cour à ce moment-là. Le soleil s'était enfin montré et, comme les flaques d'eau avaient séché, on pouvait marcher sur l'herbe qui venait d'être replantée.

— Tu n'as qu'à te présenter pour jouer la princesse Pénélope !

— Mais oui, Sophie, a renchéri Caroline. S'il y en a une qui peut souffler le rôle à Cheyenne, c'est toi.

Quoi ? Je n'en revenais pas que Caroline dise ça ? Et moi, alors ? Je ne pouvais pas, *moi*, souffler le rôle à Cheyenne ?

— Tout le monde sait que tu es la plus jolie de toute l'école, a continué Caroline.

— Non, voyons, pas de *toute* l'école, a dit Sophie, un peu gênée.

— En tout cas, de notre classe. Pas vrai, Allie ? a demandé Caroline.

Je ne pouvais qu'être d'accord. Avec ses cheveux bruns bouclés et ses grands yeux marron, Sophie était vraiment très belle. Bon d'accord, elle ne faisait peut-être pas penser aux princesses blondes des contes de fées ; mais Cheyenne non plus, vu qu'elle aussi avait les cheveux bruns (sauf que Cheyenne, elle, se comportait comme une princesse de contes de fées avec sa manie de se brosser ses longs cheveux pendant toute la récréation et de porter des barrettes à paillettes).

Mais quand même, Sophie ressemblait à *une sorte* de princesse. D'ailleurs, quand on jouait aux rois et aux reines pendant la récré, elle était toujours la reine dont le méchant seigneur tombe amoureux. Parce qu'elle est si belle, on imagine forcément que tout le monde va tomber amoureux d'elle.

— Oui, c'est sûr, ai-je répondu à contrecœur.

Même si je mourrais d'envie d'être la princesse Pénélope, je devais admettre que Sophie faisait plus princesse que moi. Ce qui était certain, en tout cas, c'est que Mme Hunter la choisirait si son seul critère de sélection était l'apparence physique. Mais comme Sophie était mon amie et que je ne voulais pas la blesser, j'ai fait un effort pour paraître plus enthousiaste.

— Oui, Sophie, ai-je ajouté, tu devrais auditionner pour le rôle de la princesse Pénélope. En plus, tu ressembles tellement à une princesse.

— Et tu es gentille. Et douce comme une princesse, a déclaré Erica.

— Et intelligente, a ajouté Caroline. Pas comme Cheyenne.

— Hé, arrêtez ! s'est écriée Sophie en riant. Vous êtes trop sympas !

Le problème, c'est que tout ce que Caroline et Erica avaient dit était vrai. Sophie est belle, gentille, douce et intelligente. Mais…

Et moi, alors ? O.K., je sais que je ne ressemble pas à une princesse, et que je ne suis pas aussi belle que Sophie, ni aussi gentille ni aussi douce. Mais je suis aussi intelligente qu'elle – peut-être

même plus ! Je l'ai battue au concours d'ortho-
graphe ! Et j'ai de meilleures notes qu'elle en
maths et en science !

En plus, je suis une excellente actrice. Du
moins, je crois. Bon d'accord, je n'avais qu'une
réplique dans la pièce de théâtre en C.P. Mais
quand je meurs dans le jeu des rois et des reines,
tout le monde dit que ça a presque l'air vrai.

Pourquoi alors aucune de mes amies n'avait
suggéré que je me présente moi aussi pour jouer
la princesse Pénélope ? Que se passait-il ?

— Il faut absolument que tu auditionnes pour
le rôle de la princesse Pénélope, Sophie, a repris
Caroline. Sinon, Cheyenne aura le rôle. Et elle
fera encore plus sa crâneuse.

— Oh non, a fait Rosemary. Ce serait insupportable !

— Bon d'accord, a déclaré Sophie en repoussant une boucle derrière ses oreilles. Je vais peut-
être essayer.

— Et toi, Allie ? a demandé tout à coup Rosemary. Quel rôle tu aimerais jouer ?

Bien sûr, je ne pouvais pas répondre la princesse Pénélope. Pas maintenant que tout le
monde avait encouragé Sophie en trouvant qu'elle
serait fantastique dans ce rôle. Parce que ça aurait
voulu dire que je me comparais à Sophie et que
je me croyais aussi jolie qu'elle. Ce qui n'est pas

vrai. Tout le monde le sait, et moi, plus que les autres. Du coup, je me suis contentée de répondre en haussant les épaules :

— Je ne sais pas encore. Peut-être une des créatures dans le Royaume du recyclage.

— Finalement, tu n'as pas l'air très emballée par la pièce, a fait remarquer Caroline.

Pourquoi aurais-je été emballée, alors que mes meilleures amies venaient en gros de déclarer que Sophie devait absolument obtenir le rôle qui me plaisait ? Ce n'est pas que je n'aime pas Sophie – je l'adore –, mais j'aurais préféré avoir une chance d'auditionner pour jouer la princesse Pénélope avant qu'elles ne décident toutes que le rôle revenait à Sophie. Bien entendu, j'ai gardé mes réflexions pour moi.

— Si, si, je suis super excitée, mais je n'ai pas encore eu le temps de lire la pièce en entier. Je vais le faire ce soir et je me trouverai un rôle. Et demain, on verra bien.

Sauf que je savais que demain, on ne verrait rien du tout, parce que ce serait pareil : j'aurais toujours envie de jouer la princesse Pénélope, le rôle que Sophie voulait aussi et pour lequel tout le monde estimait qu'elle serait parfaite.

D'un autre côté, si j'auditionnais pour ce rôle, on me reprocherait d'avoir essayé de le voler à Sophie.

Comment allais-je m'en sortir ?

Règle n° 4

Arrangez-vous, dans la mesure du possible,
pour naître dans une famille
où il n'y a pas de petit frère

Même après avoir lu en entier *La Princesse Pénélope au Royaume du recyclage* à mon retour de l'école (mais après mon cours de danse), aucun rôle ne me plaisait autant que celui de la princesse Pénélope.

Oh, bien sûr, il y avait d'autres personnages féminins, comme la reine-fée (c'est la chef des fées qui vivent dans le Royaume du recyclage. Elle explique à Pénélope qu'il vaut bien mieux utiliser des ampoules fluorescentes plutôt que des ampoules normales, parce qu'elles durent plus longtemps et consomment moins d'énergie. Ensuite, elle aide Pénélope à se rendre chez sa marraine).

Il y avait aussi des sirènes, qui apprennent à Pénélope combien c'est important de ne pas gâcher l'eau, par exemple en restant moins longtemps sous la douche et en fermant le robinet pendant qu'on se brosse les dents.

À part ça, il y avait des filles elfes qui conseillent à Pénélope de marcher, de prendre son vélo, de pratiquer le covoiturage ou d'emprunter les transports en commun au lieu d'utiliser sa voiture, tout ça pour réduire son empreinte carbone. Et une licorne qui lui recommande de débrancher ses appareils électriques quand elle ne s'en sert pas, car c'est un autre moyen d'économiser de l'énergie.

Enfin, il y avait la marraine-fée de Pénélope, et aussi sa méchante belle-mère, qui vit dans un château en plastique, qui ne croit pas au recyclage et qui gâche les précieuses ressources naturelles. Elle jette ses papiers et ses détritus partout, parce qu'elle prétend que les scientifiques racontent n'importe quoi sur le réchauffement climatique et qu'on n'a pas besoin de sauver notre environnement pour les générations futures (cela dit, vu qu'elle veut tuer Pénélope, c'est logique de sa part).

Mais pourquoi aurais-je envie de jouer une fée ou un elfe alors que je pourrais être Pénélope ? En plus, son nom figurait dans le *titre de la pièce* ! Ce n'était pas rien, tout de même !

D'un autre côté, je ne voulais froisser personne. J'avais dit que j'auditionnerais pour un autre rôle. Du coup, je ne pouvais pas faire un essai pour celui que Sophie voulait. Est-ce que je ne pouvais *vraiment pas* ? Après tout, quel mal y avait-il à ça ?

J'étais en train de lire, après le dîner, assise à mon endroit préféré – sur le rebord de ma fenêtre, avec Micha blotti tout contre moi –, à me demander ce que j'allais faire, quand la porte de ma chambre s'est brusquement ouverte.

Au début, j'ai cru que c'était les extraterrestres qui venaient m'annoncer que mon vol pour la planète Voltron était sur le point de partir. En fait, c'était mon oncle Jay. Il jouait au foot dans le couloir des chambres avec mon frère Mark (même si maman le leur avait défendu. C'est une règle). Bref, Oncle Jay a plongé pour rattraper le ballon, et en plongeant, il a ouvert ma porte.

Surpris par le bruit, Micha a aussitôt bondi sur ses pattes, ses longs poils gris et noirs dressés sur son dos, et s'est mis à cracher d'un air mauvais. Mais il s'est vite calmé en reconnaissant Oncle Jay. Pas moi, en revanche. J'étais très en colère.

— Arrêtez ! ai-je hurlé quand Oncle Jay et Mark ont roulé sur la moquette de ma chambre et ont commencé à se bagarrer pour avoir le ballon. Vous n'avez pas le droit de jouer au foot ici !

— Oh là là..., a fait Oncle Jay, allongé par terre, tandis que Mark essayait de lui prendre le ballon des mains. On est de mauvaise humeur, à ce que je vois ?

— Non, je ne suis pas de mauvaise humeur ! Mais j'aimerais bien être un peu tranquille pour une fois, ai-je répondu en m'avançant vers eux au moment où Kevin, attiré par le bruit, apparaissait dans l'encadrement de la porte (il était dans sa chambre où il s'entraînait à répéter une chanson de la comédie musicale *Annie*. Je ne comprends pas pourquoi il veut l'apprendre pour la fête de l'école, puisque les maternelles vont chanter une chanson qui parle d'arcs-en-ciel. Bref, Kevin chante tellement fort qu'on l'entend dans toute la maison. Son grand regret dans la vie, à part le fait qu'il n'a pas de pantalon en velours, c'est de ne pas pouvoir jouer dans *Annie* parce que c'est un garçon et qu'il n'y pas de garçon orphelin dans l'histoire).

— Qu'est-ce qui se passe ? a-t-il demandé.

— Rien ! ai-je crié avant de lui claquer la porte au nez.

48

Enfin, je ne lui ai pas exactement envoyé la porte dans le nez. Mais presque.

— Hé ! a hurlé Kevin. Je vais le dire aux parents ! *On ne claque pas la porte au nez des gens !* C'est une règle !

— Eh bien, moi, je vais dire aux parents ce que faisaient Oncle Jay et Mark ! ai-je rétorqué. Ils n'ont pas le droit de jouer au foot ici !

Oncle Jay s'est levé et a tendu le ballon à Mark.

— Personne ne va rien dire, a-t-il déclaré. Parce que vos parents ne sont pas à la maison. Ils sont allés voir le film que votre mère doit présenter à la télé. Et c'est moi qui vous garde.

Oncle Jay a ouvert la porte pour faire rentrer Kevin, qui était tout triste d'avoir été exclu.

— Bien, Allie, a repris mon oncle. Qu'est-ce qui se passe ? Tu n'as pas l'air dans ton assiette.

— Rien. J'aimerais juste qu'on me laisse tranquille ! Vous êtes sourds ou quoi ?

Mais au lieu de me laisser tranquille, justement, Oncle Jay s'est dirigé vers le rebord de la fenêtre où j'avais laissé le texte de la pièce. Il l'a ramassé et a commencé à lire.

— Oh, mais c'est charmant ! Une pièce de théâtre. Tu joues dedans, Allie ?

— Pas encore, a répondu Kevin à ma place.

Il s'était glissé dans la chambre et regardait par-dessus l'épaule d'Oncle Jay même si a), je ne l'avais pas autorisé à entrer et b) il ne sait pas lire vu qu'il est encore en maternelle.

— C'est la pièce que sa classe va jouer à la fête de l'école, a-t-il expliqué, mais Allie doit d'abord passer une audition. Elle en a parlé avec ses copines en rentrant à la maison, cet après-midi.

Hé ho, et ma *tranquillité*, alors ?

Arrangez-vous, dans la mesure du possible, pour naître dans une famille où il n'y a pas de petit frère. C'est une nouvelle règle que je viens d'inventer.

— Formidable ! s'est exclamé Oncle Jay en feuilletant le texte de la pièce. Quel rôle vas-tu présenter, Allie ?

Je me suis assise sur le rebord de la fenêtre à côté de lui. J'avais renoncé à ce qu'ils me laissent tous tranquille.

— J'aimerais bien essayer d'avoir le rôle de la princesse Pénélope, ai-je répondu, mais le problème, c'est que l'une de mes meilleures amies aussi. J'ai peur qu'elle le prenne mal, et que mes autres amies m'en veuillent.

Oncle Jay a feuilleté à nouveau la pièce avant de demander :

— Pourquoi t'en voudraient-elles ? Quand je suivais des cours d'art dramatique, on obéissait tous à une règle : chacun auditionne pour le rôle qu'il souhaite, et que le meilleur gagne.

Ça semblait tellement... simple. Et c'était en plus une excellente règle.

— Je ne sais pas, ai-je pourtant répondu. Je ne peux pas m'empêcher d'imaginer qu'elles seront fâchées. Sophie est... Elle a très envie d'avoir le rôle. Sans compter qu'elle ressemble à une princesse. Et pas moi.

— Tu peux répéter ? a dit Mark.

Je me suis penchée pour lui donner un coup, mais Mark s'est écarté au dernier moment et ma main a frappé l'air. Mark a éclaté de rire.

— Qui parmi nous sait à quoi doit ressembler une princesse ? a demandé Oncle Jay en nous ignorant, Mark et moi. Il y a des princesses dans le monde entier – en Afrique, au Japon, en Thaïlande, à Hawaï –, et je suis sûr qu'aucune ne ressemble à l'idée que nous autres, en Occident, nous nous faisons d'une princesse traditionnelle. Mais ne sont-elles pas moins princesses pour autant ? Par ailleurs, je suis persuadé que votre institutrice a sa propre vision des personnages. Qu'est-ce qui te dit qu'elle ne pensait pas à toi quand elle a écrit le personnage de la princesse Pénélope ?

J'ai regardé mon oncle avec de grands yeux ronds. Je dois avouer que je me sentais un peu moins déprimée qu'un instant auparavant.

— Tu parles sérieusement ? ai-je demandé.

51

C'est vrai que Mme Hunter avait raconté un jour à Grand-mère que c'était un bonheur de m'avoir dans sa classe. C'était un peu comme avoir une *princesse*, non ? Bon, d'accord, elle ne l'a pas dit dans ces termes, mais ça revient au même. Plus ou moins.

— Bref, personne ne peut définir ce qu'est une princesse, a repris Oncle Jay. Et tes amies pas plus que les autres. C'est pourquoi tu devrais auditionner pour ce rôle, sinon tu te demanderas toujours : « Est-ce que j'aurais pu être la princesse Pénélope si je m'étais présentée ? » Et j'imagine que tu n'as pas envie de passer ta vie à te poser la question ?

— Non, ai-je répondu.

Ce serait terrible. Mais pas aussi terrible que si Sophie et les autres décidaient de ne plus me parler.

— Et qui te dit que ton amie décrochera le rôle ? a continué Oncle Jay. Votre maîtresse peut choisir une autre fille.

J'ai retenu ma respiration.

— Cheyenne O'Malley veut auditionner pour jouer la princesse Pénélope ! me suis-je exclamée. Et si elle est choisie, ce sera affreux ! On la déteste toutes !

— Ce n'est pas bien de détester les gens, a dit machinalement Mark.

Mais seulement parce qu'il l'avait entendu à la télé et pas parce qu'il connaît Cheyenne O'Malley.

— Dans ce cas, a poursuivi Oncle Jay, ne penses-tu pas que ton amie préférerait que ce soit toi qui l'aies plutôt que cette fille que tout le monde déteste ?

Mais oui, bien sûr ! Oncle Jay avait totalement raison ! Comment réagirait-on, Sophie, les autres et moi, si Mme Hunter confiait le rôle à Cheyenne ? En plus, c'était tout à fait possible ! Parce que Cheyenne voulait être la princesse Pénélope autant que Sophie ou moi !

— Tu devrais te présenter, Allie, est intervenu Kevin. Je suis sûr que Sophie te pardonnera. Un jour, a-t-il ajouté d'un air songeur.

— Oui, a renchéri Mark. Vu que de toute façon, il y a peu de chance que tu aies le rôle.

— Dites donc, a grondé Oncle Jay. Vous êtes priés de vous soutenir dans vos rêves les uns les autres. Si vous ne le faites pas, qui d'autre le fera ?

— Exactement, ai-je dit en foudroyant mes deux frères du regard.

— J'ai une idée, a déclaré Oncle Jay. Nous allons montrer à Allie que nous la soutenons en l'aidant à travailler son personnage.

— Génial ! a dit Kevin. Mais comment on fait ?

— Chacun va lire à tour de rôle les répliques des autres personnages pendant qu'Allie lira celles de la princesse Pénélope, a répondu Oncle Jay. Ainsi, elle sera bien mieux préparée pour l'audition demain, parce qu'elle se sera déjà entraînée à voix haute.

— Moi, je préfère jouer au foot, a marmonné Mark.

— Puisque c'est comme ça, Mark, tu vas jouer le rôle de la méchante reine, a rétorqué Oncle Jay en lui donnant une petite tape sur la tête avec le texte de la pièce.

On a passé l'heure suivante à faire ce qu'avait suggéré Oncle Jay. Mark et lui lisaient les répliques de tous les autres personnages et moi, celles de la princesse Pénélope. De temps en temps, Oncle Jay laissait Kevin « lire » (c'est-à-dire qu'il lui soufflait à l'oreille ce qu'il devait dire et Kevin déclamait ses phrases d'un ton très grave).

— Les Américains ont utilisé cinquante milliards de bouteilles en plastique l'an dernier, a-t-il ainsi lu (ou répété), dont soixante-dix pour cent n'ont pas été recyclés. Il faudra attendre mille ans pour qu'elles se décomposent !

— Oh, non, Magicien-des-bouteilles-d'eau-réutilisables ! me suis-je alors exclamée. Je ne savais pas !

— Oui, a repris Kevin. C'est pour cette raison que tu dois réutiliser tes bouteilles d'eau.

À la fin de la lecture, j'avais l'impression de saisir parfaitement la psychologie de la princesse Pénélope, comme me l'a expliqué Oncle Jay, c'est-à-dire de comprendre qui elle était. Il m'a raconté aussi qu'une actrice devait tellement bien connaître son personnage qu'elle pouvait dire, par exemple, ce qu'il avait mangé au petit déjeuner.

Moi, j'ai décidé que la princesse Pénélope avait mangé des Kellogg's Trésor fourrées au chocolat, parce que c'est une princesse et qu'elle peut manger les céréales qu'elle veut (nous, on n'a pas le droit parce que maman trouve qu'elles sont trop sucrées, et que le sucre, ça nous excite).

Ensuite, pendant qu'on se préparait à aller au lit, j'ai demandé à Oncle Jay pourquoi il n'avait pas poursuivi ses études d'art dramatique s'il aimait autant le théâtre. Qui sait s'il ne serait pas acteur aujourd'hui ?

— Oh, tout simplement parce que c'est très difficile d'en vivre, a-t-il répondu. Et puis, je préfère l'ambiance des cours d'écriture. Sans compter que maintenant que je suis débarrassé des répétitions, je peux passer plein de soirées avec vous.

Alors que je commençais à m'endormir, je ne pouvais pas m'empêcher de penser que j'étais mieux préparée pour l'audition que Sophie ou Cheyenne. C'est vrai, quoi. J'avais répété avec un acteur semi-professionnel ! Du moins, un ancien étudiant en art dramatique. Ça m'étonnerait qu'elles aient eu cette chance.

Et même si c'était le cas, est-ce qu'on leur avait donné d'aussi bons conseils qu'à moi ? Par exemple, savaient-elles ce que leur personnage mangeait au petit déjeuner ? J'étais sûre que non.

J'allais être la meilleure princesse Pénélope de toute la classe, et Mme Hunter me choisirait. Et si Sophie était triste que j'aie le rôle et pas elle, elle s'en remettrait. C'est Oncle Jay qui l'avait dit.

Enfin, je l'espérais.

Règle n° 5

Que le meilleur – ou la meilleure – gagne

Le lendemain matin, ma mère était de mauvaise humeur au petit déjeuner. Elle n'avait pas du tout aimé *Requiem pour un somnambule*, et elle se faisait du souci pour sa critique.

— L'émission s'appelle *Bonnes Nouvelles !* a t-elle soupiré. Je n'ai pas envie que ma première intervention soit négative.

— La *vraie* bonne nouvelle, a rétorqué mon père, c'est que grâce à toi, les gens n'iront pas voir ce film abrutissant. Voilà comment tu devrais commencer : « *Requiem pour un somnambule* est un puissant somnifère ! » En tout cas, moi, je me suis endormi.

— Oui. Tu ronflais, même ! C'est la dernière fois que je t'emmène à une projection.

— Quel dommage ! a répondu mon père, qui paraissait en fait ravi.

Moi non plus, je n'étais pas de très bonne humeur. Mais ça n'avait rien à voir avec *Requiem pour un somnambule*. J'étais inquiète pour mon audition. Mes amies allaient découvrir que je me présentais pour le rôle de la princesse Pénélope, et je me demandais comment elles réagiraient. Quand on est couchée dans son lit le soir et qu'on pense à ce qu'on va faire le lendemain, c'est une chose.

Mais ce n'est pas du tout pareil, le matin, quand on se réveille. Parce que là, il faut *agir*.

J'ai demandé à Kevin et à Mark de ne rien dire à Erica (à propos de Pénélope) quand elle sonnerait à la porte, et j'ai raconté que je préférais attendre le bon moment pour lui parler, ainsi qu'à Caroline et à Sophie.

En échange de son silence, Mark a exigé que je lui donne mon dessert au déjeuner. Ce n'était pas juste, vu que je ne l'avais pas dénoncé pour avoir joué au foot dans la maison, mais j'ai accepté. Kevin, lui, a promis de se taire sans poser de conditions. C'était gentil de sa part, sauf que je savais pourquoi : il voulait que je continue à l'emmener à l'école. Sinon, ce serait mon père, ma mère, ou Mark qui l'accompagneraient, et il ne s'amuserait pas autant qu'avec mes amies et moi. Elles se disputent toujours pour lui donner la main tellement elles le trouvent mignon. Franchement, je ne sais pas où elles sont allées chercher ça.

Mais aujourd'hui, Caroline, Sophie et Erica étaient trop préoccupées par l'audition pour se soucier de Kevin, et personne n'a réclamé le privilège de tenir la main toute moite de mon petit frère. Erica lisait encore son texte en sonnant à ma porte.

— Oh, Allie ! a-t-elle lancé quand je lui ai ouvert. C'est impossible de retenir tout ça ! La marraine-fée a tellement de répliques ! Comment je vais me souvenir que les sacs en plastique sont fabriqués avec du polyéthylène, qu'ils peuvent mettre jusqu'à cinq cents ans à se dégrader, et que seulement un sac en plastique sur cinq est recyclé ?

— Tu n'es pas obligée de tout savoir aujourd'hui, ai-je répondu. Tu pourras lire ton texte pendant l'audition. Mme Hunter ne nous a pas demandé d'apprendre le rôle par cœur pour ce matin.

— D'accord, a dit Erica. Mais si je dois jouer la marraine-fée, il faudra bien que je mémorise tout. Je n'y arriverai jamais !

— Moi, je connais toutes les chansons d'*Annie* par cœur, a claironné Kevin tandis qu'on se dirigeait vers le carrefour où Sophie et Caroline nous attendaient. Parce que je les ai chantées des milliers de fois !

— Exactement, ai-je confirmé. *Si on veut devenir bon, il faut s'entraîner.* C'est une règle.

— Vous êtes prêtes pour l'audition ? a demandé Erica au moment où on rejoignait Sophie et Caroline.

— Non, a répondu Sophie. Je suis *trop* stressée !

Elle a montré ses mains.

— Regardez, j'ai les doigts qui tremblent tellement que ma mère a cru que j'étais malade. Elle voulait m'emmener chez le médecin. C'est moi qui ai insisté pour qu'elle me laisse aller à l'école.

J'ai baissé les yeux. Les mains de Sophie tremblaient *vraiment*. Du coup, je me suis sentie encore plus mal à l'idée d'auditionner pour Pénélope moi aussi.

Puis je me suis rappelé les paroles de mon Oncle Jay. Peut-être que Mme Hunter m'avait déjà choisie pour jouer le rôle de Pénélope, ou même qu'elle pensait le donner à Cheyenne. Auquel cas, Sophie ne serait pas prise de toute façon. Avec cette pensée en tête, j'ai réussi à rester calme.

— Ce qui compte, ai-je déclaré, c'est d'éliminer Cheyenne. Pas vrai ?

Les autres étaient de mon avis.

— Déjà qu'elle est insupportable, a dit Caroline. Si en plus elle a le rôle principal ? Et une
princesse ? Alors là, non ! Rosemary a raison. Il
ne faut surtout pas que Cheyenne soit choisie.

— Oui, ai-je renchéri. On doit tout faire pour
empêcher ça.

Sauf que je n'ai pas dit que mon plan, c'était
de me présenter moi aussi. Sophie et Erica ont
acquiescé.

— Oui, on fera le maximum !

— Même plus !

— Bonne idée, a conclu Kevin, bien que personne ne lui ait demandé son avis.

Comme Mme Hunter faisait passer les auditions dans le gymnase en fin de matinée,
Cheyenne nous a rebattu les oreilles pendant
toute la récréation en racontant qu'elle était sûre
de décrocher le rôle, grâce à sa très grande expérience du théâtre et à ses magnifiques cheveux
longs qui lui donnaient l'air d'une princesse.
C'était un cauchemar de l'écouter.

— Quand j'habitais au Canada, disait-elle, j'ai
tenu le rôle principal dans toutes les pièces qu'on
a montées à l'école. Comme j'étais toujours choisie pour jouer l'héroïne, je vais forcément avoir

le rôle de la princesse Pénélope. Surtout que j'ai apporté à Mme Hunter des photos où on me voit sur scène, avec la liste des personnages que j'ai interprétés. Ça s'appelle un press-book. Mais je parie que vous ne savez même pas ce que c'est !

— On s'en fiche, a rétorqué Caroline. Parce que de toutes les filles de l'école, c'est Sophie qui ressemble le plus à une princesse. Et ça, tout le monde le sait !

Cheyenne a ricané en se tournant vers M et D, sans regarder Caroline.

— Mais oui, c'est ça... Tu as raison, Caroline.

Je suis d'accord avec mon frère Mark qui dit que *c'est mal de détester les gens*. Mais comment ne pas détester Cheyenne ?

À l'heure de l'audition, Mme Hunter nous a fait mettre en rang pour nous emmener au gymnase (qui sert aussi de cantine, parce que l'école n'est vraiment pas moderne). Là, on s'est tous assis par terre (sur les tapis de gym où de temps en temps on retrouve une vieille frite racornie que M. Elkhart, l'homme de ménage, n'a pas vue), puis Mme Hunter nous a appelés sur scène, un par un, pour lire le rôle qu'on avait choisi. Parfois, c'était très rapide. Stuart Maxwell, par exemple, qui voulait jouer l'un des soldats de la méchante reine, s'est contenté de traverser la scène en criant : « Oui, Votre Majesté ! Le rayon de pollution est prêt ! » C'était sa seule réplique.

Ce qui convenait parfaitement à Stuart, parce qu'il n'avait pas envie d'apprendre un texte. Tout ce qui l'intéressait, c'était de porter une lance, de s'en servir pour menacer la princesse Pénélope et d'avoir l'air cool le soir de la représentation. Je le sais, c'est lui-même qui me l'a dit.

Finalement, toutes les filles de la classe, sauf Rosemary qui voulait être un soldat elle aussi (et Erica, qui se présentait pour le rôle de la marraine-fée, et Caroline, pour celui de la licorne), avaient envie d'être la princesse Pénélope.

On s'en est vite aperçu, pendant qu'on attendait notre tour et que, l'une après l'autre, les filles sont allées lire le même extrait – le discours où la princesse Pénélope explique à sa belle-mère combien il est important de recycler et de ne pas laisser d'ordures derrière soi si l'on veut préserver la planète pour les générations futures. Après ça, la princesse se sacrifie courageusement pour sauver la planète qui va être détruite par le rayon de pollution de la méchante reine (mais heureusement sa marraine-fée la protège en faisant apparaître tout autour du Royaume du recyclage un mur magique fabriqué en sacs de toile réutilisables. Le rayon de pollution rebondit contre le mur, frappe la méchante reine en pleine poitrine, et paf, elle meurt).

On était assises ensemble pendant l'audition – Sophie, Caroline, Erica, Rosemary et moi –, et on applaudissait chaque fois très fort. Même si, pour être honnête, je trouvais que la plupart des filles étaient plutôt nulles.

Je ne dis pas ça par méchanceté. Elles étaient *franchement* nulles.

— Elle n'y met aucune *émotion*, a chuchoté Sophie en écoutant Marianne.

C'est vrai que Marianne lisait le rôle de Pénélope avec le nez collé à son texte. On aurait dit un robot.

— Elle a peut-être le trac, a suggéré Erica, qui essaie toujours de trouver des excuses aux gens.

— *Tout le monde* a le trac, a dit Sophie.

Rosemary a protesté.

— Non. Moi, je n'ai pas le trac.

— D'accord, a répliqué Caroline. *Presque* tout le monde a le trac. Mais quand même, ce n'est pas une raison pour lire comme un robot.

Dominique est passée après Marianne. Elle, on ne pouvait pas lui reprocher de parler comme un robot, mais elle a lu son texte tellement vite qu'on comprenait à peine ce qu'elle racontait.

— Merci, Dominique, a dit Mme Hunter.

— C'était horrible, a murmuré Sophie pendant que Dominique retournait à sa place.

On était toutes de l'avis de Sophie.

— Oui, horrible !

Mme Hunter a appelé :

— Sophie Abramowitz ?

C'était le tour de Sophie. Elle a poussé un petit cri effrayé. On lui a pris les mains et on les a serrées fort pour l'encourager. Elles étaient toutes moites. Ensuite, elle a attrapé son texte et s'est dépêchée de monter sur la scène.

Sophie avait peut-être le trac mais ça ne se voyait pas du tout. Elle n'a pas lu trop vite, et elle a mis beaucoup d'émotion dans ses paroles. Son interprétation de Pénélope était parfaite. Si j'avais été Mme Hunter, je lui aurais donné le rôle. D'abord, parce que Sophie était très jolie, avec ses cheveux bouclés et ses yeux marron. Mais en plus, elle jouait bien. Quand elle a supplié la méchante reine (c'était Mme Hunter qui lui donnait la réplique) d'accepter le recyclage pour sauver les générations futures, sa voix vibrait de toute l'affection qu'elle portait au peuple des fées.

Pourvu que je joue aussi bien que Sophie, ai-je pensé en la regardant. Parce que, sincèrement, je ne pouvais pas espérer faire mieux.

— Merci, Sophie, a dit Mme Hunter à la fin.

Quand Sophie est revenue s'asseoir, on l'a félicitée dans un même élan :

— Tu étais géniale !

— C'est vrai ? Vous trouvez ? J'avais tellement peur, c'était affreux ! Je n'ai pas arrêté de me tromper.

— Ça ne se s'entendait pas, a assuré Erica (qui, pour une fois, ne disait pas ça pour être gentille). Pas du tout.

Mme Hunter a encore appelé :

— Cheyenne O'Malley ?

C'était le tour de Cheyenne. Elle s'est levée, mais avant de monter sur la scène, elle s'est arrêtée pour parler à Mme Hunter.

— Je vais lire le rôle de la princesse Pénélope, a-t-elle annoncé. Et je vous ai apporté mon press-book.

Évidemment, on n'a pas pu s'empêcher de rire. C'était impossible de se retenir. Un press-book !

— Oh. Merci, Cheyenne, a dit Mme Hunter en prenant la chemise cartonnée que lui tendait Cheyenne.

Cheyenne a pris place sur l'estrade.

— Je peux commencer ? a-t-elle demandé.

— Oui, je t'écoute, a répondu Mme Hunter.

Cheyenne a commencé.

Et là, on a arrêté de rire. Cheyenne avait l'air tellement pro ! On attendait avec impatience de voir ce qu'elle allait faire. Est-ce qu'elle jouerait aussi bien que Sophie ? Moi, je me doutais que Cheyenne serait bonne, parce qu'elle s'était vantée devant tout le monde d'avoir beaucoup d'expérience.

Sauf que je ne pensais pas qu'elle serait bonne à ce point. Elle était excellente. J'avais admiré Sophie qui parlait d'une voix vibrante du peuple des fées... Mais Cheyenne *pleurait* pour lui. Avec de vraies larmes !

Je n'en revenais pas. Jamais je n'avais vu quelqu'un pleurer comme ça sur scène. À moins de recevoir un marteau sur le pied, par exemple, je ne croyais pas que c'était possible.

— Faites-la descendre de là tout de suite, a grogné Rosemary. Sinon, quand je jouerai le méchant soldat, je la tuerai pour de vrai.

— Chut, a soufflé Sophie. J'écoute.

— Pourquoi ? a demandé Rosemary. Elle est nulle !

Sophie avait l'air inquiet.

— Non, a-t-elle murmuré. Elle est vraiment bonne !

Moi aussi, j'étais drôlement impressionnée par Cheyenne. Tout le monde dans le gymnase la regardait, bouche bée, même Patrick Day. Il avait apporté sa Nintendo DS en cachette, mais à ce moment-là, il se fichait complètement des ennemis qui guettaient Super Mario.

Cheyenne O'Malley était une actrice incroyable. Personne ne jouait aussi bien qu'elle. Sauf, peut-être, Miley Cyrus dans *Hannah Montana*.

À la fin, elle a fait une révérence comme les vraies princesses et a essuyé les larmes sur ses joues. Tout le monde retenait son souffle. Puis les applaudissements ont éclaté.

Sophie a applaudi comme les autres. Pourtant, elle ne souriait pas. On aurait dit qu'elle n'avait pas envie d'applaudir, mais qu'elle ne pouvait pas s'en empêcher. En tout cas, moi, c'est ce que je ressentais.

— Je vais m'évanouir ! a gémi Sophie.

Rosemary aussi applaudissait.

— Tu vas *t'évanouir* ? a-t-elle protesté. Et *moi* alors ? Je suis au bord de la crise cardiaque ! Il ne faut surtout pas que Cheyenne ait le rôle !

Caroline (qui évidemment applaudissait) était écœurée.

— Mais qu'est-ce qu'on peut faire ? Elle arrive à pleurer sur commande ! Elle devrait jouer dans des feuilletons à la télé !

— Allie Punchie ?

Mme Hunter m'appelait, la voix en partie couverte par les applaudissements.

J'ai avalé ma salive. Péniblement. Et je me suis levée.

— Bon, ai-je murmuré en écartant les cheveux de mon visage. C'est mon tour, on dirait.

Sophie, Caroline et Erica m'ont regardée d'un air ahuri. Elles n'applaudissaient plus.

— Attends..., a dit Sophie. *Toi*, tu auditionnes pour le rôle de Pénélope ?

— Bien obligé, ai-je répondu. Il faut éliminer Cheyenne, non ? Et plus on est nombreuses à essayer, plus on a de chances. Pas vrai ?

C'était la stratégie que j'avais décidé d'adopter, pour expliquer pourquoi je tentais aussi de décrocher le rôle de la princesse Pénélope. J'espérais que mes amies comprendraient et qu'elles ne m'en voudraient pas. L'idée m'était venue pendant que je regardais Cheyenne pleurer.

Et le plus étonnant, c'est que l'astuce semblait marcher ! Pour toute réaction, Sophie s'est exclamée :

— Ne sois pas meilleure que moi !

— Sûrement pas, ai-je dit pour la rassurer. Je veux juste être meilleure que Cheyenne.

Mais je mentais, évidemment. J'avais bien l'intention d'être meilleure qu'elles deux. Si possible.

Est-ce que, pour autant, cela faisait de moi une amie indigne ? J'espérais que non ! Je gardais sim-

plement en mémoire les paroles d'Oncle Jay :
« Que la meilleure gagne ! »

— Courage, Allie, a dit Erica. Tu vas y arriver !

J'ai eu l'impression que je mettais un temps infini pour marcher jusqu'à la scène. J'avais pourtant l'habitude du gymnase, mais jamais il ne m'avait paru aussi immense. En chemin, j'ai croisé Cheyenne qui revenait s'asseoir. Elle m'a fait une grimace qui signifiait *Vas-y, essaie de me battre.*

Ah oui ? Eh bien, justement. C'est ce que je comptais faire.

Seul problème : mes mains tremblaient, encore plus que celles de Sophie ce matin au carrefour. Je tremblais tellement que j'arrivais à peine à tenir mon texte. Mais pourquoi paniquer ? me suis-je dit. Puisque j'étais sûre de battre Cheyenne.

Sauf que ma princesse Pénélope à moi ne serait pas une pleurnicheuse. J'allais la jouer exactement comme la veille, quand j'avais répété avec Oncle Jay : une fille cool qui sauve le Royaume du recyclage parce qu'elle ne se laisse pas marcher sur les pieds. Et qui mange des Kellogg's Trésor pour le petit déjeuner.

J'ai monté les marches sur le côté de l'estrade et je me suis avancée jusqu'au milieu de la scène. Quand je me suis tournée vers le public, il m'est arrivé une chose incroyable : je n'étais plus Allie Punchie. J'étais devenue la princesse Pénélope.

70

J'allais me battre pour le trône de mon père, pour obtenir une réduction des émissions de carbone, et pour le salut de toutes les créatures qui vivaient au Royaume du recyclage. Je ne pensais plus à Cheyenne. Même si je la voyais rire et chuchoter avec ses amies.

Je m'en fichais. Parce que j'étais une princesse. Que pouvait bien me faire une petite pimbêche de C.M.1 qui avait un press-book ?

Au lieu de m'occuper de Cheyenne, je me suis donc adressée à Mme Hunter et j'ai commencé à lire mon texte d'une voix claire, sonore et qui *portait* – comme me l'avait expliqué Oncle Jay. Une voix qui porte, ça veut dire que tout le monde au fond de la salle doit l'entendre, même les spectateurs assis au dernier rang. J'étais sûre d'y arriver, parce que je ne suis pas comme ces filles qui ne parlent pas assez fort. En fait, c'est plutôt le contraire. Mme Harrington, la mère d'Erica, me demande souvent de *baisser d'un ton* quand on joue aux poupées chez Erica et que la mienne se met à crier au secours. Je peux parler plus fort que Cheyenne, si je veux. Je peux parler plus fort que tout le monde.

Je savais que mon interprétation de la princesse Pénélope produisait son effet – et que ma voix portait – parce que tous les élèves me regardaient, estomaqués, comme lorsqu'ils regardaient

Cheyenne. Patrick Day ne jouait plus à Super Mario Bros, et même Cheyenne, Marianne et Dominique avaient arrêté de chuchoter. J'ai lu mon texte exactement comme me l'avait fait répéter Oncle Jay, en y mettant du sentiment et beaucoup de conviction. Bref, je n'ai eu aucun problème, sauf à un moment, quand j'ai cru entendre Mme Hunter rire.

Je n'ai pas compris. Pourquoi riait-elle, alors que je lisais un passage de la pièce qui n'était pas drôle du tout ? Oncle Jay n'avait pas ri une seule fois. Pourtant je lui avais joué et rejoué la scène pendant une heure. Du coup, j'ai préféré penser que je m'étais trompée. Mme Hunter n'avait pas ri, voilà.

À la fin, il y a eu un silence. Puis il s'est passé exactement la même chose qu'avec Cheyenne : tout le monde a applaudi. *Tout le monde.* Même Lenny Hsu. Et Lenny n'aime rien. À part les dinosaures.

À cet instant-là, j'ai fait une grande découverte : c'est formidable d'entendre les gens vous applaudir ! Oui, c'est le bruit le plus agréable du monde. C'est même mieux que d'entendre votre institutrice préférée, la plus jolie que vous avez jamais eue, déclarer à votre grand-mère que c'est un bonheur de vous avoir dans sa classe.

J'ai trouvé les applaudissements tellement extraordinaires que je me suis demandé si je ne les préférais pas au métier de vétérinaire, ce que je veux faire plus tard pour sauver les bébés animaux. Quand je suis retournée auprès de mes amies, Erica m'a tout de suite agrippée par la main.

— Tu as été vraiment géniale, Allie ! s'est-elle écriée. Je ne savais pas que tu étais une aussi bonne comédienne !

— Merci, ai-je répondu en m'asseyant.

J'étais contente qu'Erica ait apprécié mon jeu, mais je ne pouvais pas m'empêcher de surveiller Sophie du coin de l'œil. Elle souriait elle aussi, comme Caroline et Rosemary. Pourtant, il me semblait voir une expression inquiète sur son visage.

— Tu étais vraiment formidable, a dit Caroline.

Rosemary a renchéri :

— Attends, Allie était bien meilleure que Cheyenne !

— Merci, ai-je répété. Mon oncle Jay m'a aidée à répéter. Il a fait des études de théâtre, avant.

Je me suis tournée vers Sophie. Elle n'avait toujours rien dit, et j'avais peur qu'elle m'en veuille terriblement.

Pour régler cette histoire, il fallait que je dise quelque chose. *C'est toujours mieux de parler que de laisser s'envenimer les situations.* C'est une règle.

— Tu ne m'en veux pas de m'être présentée pour jouer Pénélope, hein, Sophie ? ai-je demandé. Ce serait horrible de se disputer à cause de ça. L'idée m'est venue tout à coup, hier soir, en lisant le texte. Je me suis dit : « Tiens, si j'essayais ! » De toute façon, tu as tellement bien joué... Je suis sûre que tu auras le rôle.

Et *la meilleure façon de s'y prendre pour qu'une personne ne vous en veuille pas, c'est de lui faire un compliment. Même si vous ne le pensez pas.* C'est une règle aussi.

Ça a marché avec Sophie, comme par magie. Brusquement, elle ne paraissait plus du tout inquiète, et elle m'a souri.

— Oh non, Allie. Je ne t'en veux pas. Je comprends. Tu as fait ça juste pour que Cheyenne ait l'air ridicule. Et tu as réussi. À mon avis, ce n'est pas moi qui vais avoir le rôle. C'est toi.

— Non, c'est toi, ai-je répondu.

— Non, a dit Sophie. C'est toi.

— Non, c'est toi.

— Non, c'est toi.

— Vous allez vous taire, à la fin ? a coupé Rosemary. Vous me cassez les oreilles.

Oncle Jay avait donc bien raison : Sophie ne

m'en voulait pas. Le plus important, c'était *que le meilleur – ou la meilleure – gagne.*

Maintenant, restait à savoir qui serait la meilleure aux yeux de Mme Hunter. Après tout, rien ne nous assurait qu'elle ne confierait pas le rôle de la princesse Pénélope à Cheyenne.

— Elle a quand même apporté un press-book ! a dit Sophie sur le chemin du retour, après l'école. Et elle a *pleuré*. Elle a *vraiment* pleuré, avec de vraies larmes. Si ça se trouve, elle peut tomber malade en se mettant dans des états pareils !

Bref, on pensait toutes que Cheyenne avait une chance. À cause des larmes, évidemment. C'était difficile de les oublier, vu qu'elle n'avait pas cessé d'en parler tout l'après-midi.

— C'est une technique que j'ai apprise quand j'ai joué le rôle d'une pauvre orpheline qui finit par être adoptée par des gens très riches, a-t-elle expliqué. Le metteur en scène m'a dit de penser à la chose la plus triste qui m'était jamais arrivée. Depuis, je pense à chaque fois au jour où ma mère avait promis de m'emmener avec mes amies au concert des Jonas Brothers, pour mon anniversaire. Mais comme il n'y avait plus de place, on a dû aller voir *La Belle et la Bête* sur glace. C'était trop triste ! J'étais tellement déçue que je n'ai pas parlé à ma mère pendant un mois. Et dès que j'y repense, j'ai les larmes qui me montent aux yeux. Regardez... Là, j'y pense...

On a regardé. Et c'était vrai ! Cheyenne se faisait pleurer juste en pensant au concert des Jonas Brothers qu'elle avait raté le jour de son anniversaire. Sophie a poussé un gros soupir.

— J'aurais dû pleurer.

— Sûrement pas ! a protesté Caroline. Tu étais géniale !

— Oui, c'est toi la meilleure, a renchéri Erica. Je veux dire... toi et Allie, vous étiez les meilleures. Vous avez interprété Pénélope chacune d'une manière différente, mais vous êtes toutes les deux les meilleures. Mme Hunter aura du mal à décider. Je n'aimerais pas être à sa place !

Moi, je ne pensais pas que Mme Hunter aurait du mal à décider. Parce que j'avais un autre élément qui jouait en ma faveur, contrairement à Sophie et à Cheyenne : ma mère travaillait pour *Bonnes Nouvelles* ! D'accord, ça n'avait rien à voir avec ma princesse Pénélope. Mais quand même. Ma mère présentait des critiques de films à la télé. Alors, pourquoi pas des pièces de théâtre ? Mme Hunter n'aimerait-elle pas qu'on parle de sa pièce à la télé ?

Bien sûr, je n'allais pas le mettre en avant. Je n'allais pas m'en vanter auprès de Sophie et des autres. Mais c'était un fait, voilà tout. Quand ma mère passerait à *Bonnes Nouvelles !* et que Mme Hunter regarderait l'émission – et je savais qu'elle la regarderait, parce que je l'aurais prévenue pendant la récré. Par exemple, je lui aurais glissé, l'air de rien : « Au fait, madame Hunter. Vous savez quoi ? » – Bref, je m'imaginais qu'après, Mme Hunter serait peut-être plus tentée de me choisir pour le rôle.

Évidemment, ce ne serait pas juste. Et alors ? Les magnifiques yeux marron et les beaux cheveux de Sophie, c'était juste ? Et Cheyenne qui présentait un press-book ? Et le fait qu'elle soit capable de pleurer rien qu'en pensant à un concert raté, c'était juste, ça ?

Comme me l'a dit Oncle Jay : la justice n'a rien à voir avec le théâtre, c'est chacun pour sa pomme. *Si on veut réussir, il n'y a pas de règles.* Et ça, c'est une règle.

Règle n° 6

Les amies essaient toujours de réconforter leurs amies

Pour célébrer ses débuts à la télévision, ma mère a organisé une petite fête à la maison. Elle a invité les parents d'Erica, la grande sœur d'Erica – Missy –, et son grand frère – John –, et aussi mon oncle Jay et sa petite amie, Harmony. Tout le monde est arrivé avant le dîner, à sept heures, pour regarder *Bonnes Nouvelles !* Mon père avait préparé son célèbre *chili con carne,* avec des nachos au fromage et un drôle de cocktail pour les adultes servi dans un verre en forme de cactus. Nous, les enfants, on a eu seulement droit à du jus d'orange.

— Au succès de Liz ! répétaient les adultes en levant leurs verres, et ils riaient comme des fous.

Harmony était très impressionnée par la nouvelle carrière de ma mère. Elle est étudiante en journalisme à l'université où travaillent mes parents, où va Oncle Jay aussi, et j'ai appris ce soir-là qu'elle était fan de *Bonnes Nouvelles* !

— Vous avez rencontré Lynn Martinez ? a demandé Harmony à ma mère. (Je vous rappelle que Lynn Martinez est la présentatrice principale de *Bonnes Nouvelles* !)

— Oui. Elle est très sympathique.

— Elle a l'air tellement intéressante ! a ajouté Harmony. Vous croyez que vous pourriez lui demander de me prendre comme stagiaire cet été ?

Ma mère a hésité.

— Peut-être... Je vais poser la question.

— Merci. Ce serait formidable, a dit Harmony.

— C'est génial ! répétait Erica toutes les deux minutes, pendant qu'on s'empiffrait de nachos (les miens, sans salsa, à cause de ma règle *Ne jamais rien manger de rouge*.) Tu n'es pas super excitée, Allie ?

— Si. Énormément !

Tout le monde était impatient que l'émission commence, sauf la sœur d'Erica, Missy, qui n'arrêtait pas d'envoyer des textos à ses amis, et son frère, John, qui jouait au foot à l'étage avec Mark (je les entendais courir, mais ma mère ne s'en était pas encore rendu compte).

— Et toi, Missy ? a demandé Erica. Tu ne trouves pas ça extraordinaire ?

— Si, a grommelé Missy, d'une voix qui signifiait tout le contraire et sans même relever les yeux de son portable.

— Vous ne voyez pas que je fais des bonds sur place ? a-t-elle ajouté.

— C'est juste qu'elle ne veut pas le montrer, m'a dit Erica plus tard pour excuser sa soeur. Mais elle est super fière. Vu qu'on est vos voisins, maintenant, c'est un peu comme si on habitait à côté d'une star de cinéma.

— Oui, c'est vrai.

Qu'est-ce que vous vouliez que je réponde d'autre ? Parce que même si je ne voulais pas avoir l'air de me vanter, c'était la vérité.

— Venez vite ! La voilà !

Mme Harrington, qui était la plus excitée de tous, nous appelait dans la pièce télé. On s'est précipités. Et ma mère était là, à l'écran !

C'est incroyable de voir sa mère, quelqu'un qu'on connaît depuis toujours, sur le plateau d'une émission célèbre. Elle était très belle, et elle n'avait pas du tout l'air intimidé. Je n'entendais pas tout ce qu'elle disait à cause des autres qui criaient et riaient dans la pièce, mais j'ai compris qu'en gros, elle expliquait pourquoi il ne fallait pas aller voir *Requiem pour un somnambule*.

— Si vous avez envie de gaspiller votre argent avec un film prétentieux, ennuyeux, et qui vous fera l'effet d'un puissant somnifère, alors je vous recommande *Requiem pour un somnambule*, a-t-elle dit en souriant à la caméra. Sinon, vous pouvez garder le contenu de votre porte-monnaie pour d'autres dépenses *beaucoup* plus intéressantes et rester chez vous, confortablement assis devant *Bonnes Nouvelles !*

Dès qu'elle s'est vue à l'écran, ma mère (la vraie) a fait : « Oh non ! » en plaquant les deux mains sur sa bouche.

— Qu'est-ce qu'il y a, Liz ? a demandé mon père en riant. Tu es excellente.

— Tu es superbe, Elizabeth, a déclaré Mme Harrington. Cette couleur te va très bien.

— C'est moi qui l'ai choisie, a dit Kevin, tout fier.

Mais ma mère était atterrée.

— Ils n'ont pas les moyens de payer une maquilleuse, a-t-elle expliqué, alors je me suis maquillée moi-même. Lynn m'a prévenue qu'il ne fallait pas hésiter à avoir la main lourde, parce qu'on apparaît terne à la lumière des projecteurs, mais je n'aurais jamais pensé...

— Tu es très jolie, maman, ai-je dit.

Ma mère a repris :

— On ne voit pas mes cils ! Je ressemble à un lapin.

— Mais non, maman. Pas du tout.

Je me suis approchée pour mieux regarder. Et après vérification, je ne trouvais pas que ma mère ressemblait à un lapin. D'ailleurs, même si ça avait été le cas, je ne voyais pas où était le problème. C'est gentil, les lapins. Ils sont très doux à caresser et tout le monde les aime. Même s'ils vous font parfois une crotte dans la main.

Missy a relevé les yeux de son portable.

— C'est vrai, tiens. Elle ressemble un peu à un lapin.

John, qui nous avait rejoints avec Mark, s'est mis à rire.

— John ! Melissa ! a grondé Mme Harrington. Vous voulez rentrer à la maison tout de suite ?

— Oui, a répondu Missy.

— Ne fais pas attention à elle, a dit Mme Harrington à ma mère. Tu étais superbe. Et grâce à toi, je vais pouvoir prévenir mes collègues qu'il ne faut pas aller voir *Requiem pour un somnambule*.

Oncle Jay a apporté un autre cocktail à ma mère.

— Pour la star ! a-t-il dit en lui tendant le verre.

Ma mère a vidé son verre d'un trait.

— Je crois que je vais sortir un peu, a-t-elle soupiré. J'ai besoin de prendre l'air.

Le téléphone a sonné à ce moment-là, et Kevin a couru répondre.

— Allô ? Bonjour. Kevin Punchie à l'appareil.

Mes parents exigent qu'on se présente quand on répond au téléphone (donc, moi, je dis : « Bonjour. Allie Punchie à l'appareil », et Mark dit : « Bonjour. Mark Punchie à l'appareil. » Pour mon père et ma mère, c'est une règle.)

— Maman ! a crié Kevin après avoir raccroché. C'était Mme Hauser. Elle m'a dit de te dire qu'elle t'avait vue à la télé, et que tu étais formidable !

— Tant mieux, je suis ravie, a répliqué ma mère.

Mais elle n'avait pas l'air tellement ravi.

— Allons, Liz, a dit mon père. Tu te fais du souci pour rien.

— Ah bon ? Tu trouves ? a-t-elle répondu avec agacement.

Le téléphone a encore sonné, et Kevin s'est de nouveau précipité.

— Allô ? Bonjour. Kevin Punchie à l'appareil.

Au bout d'un moment, il m'a appelée.

84

— Allie ! C'est Caroline.

Erica et moi, on s'est jetées sur le téléphone et j'ai mis le haut-parleur pour qu'Erica puisse entendre aussi.

— Allô ?

Caroline s'est écriée d'une voix aiguë :

— On vient de voir ta mère, Allie...

— Moi aussi, je suis là ! a interrompu Sophie. Je suis sur l'autre téléphone, chez Caroline.

— ... elle était trop drôle, a enchaîné Caroline.

— Et trop jolie ! a continué Sophie.

J'ai pris la parole avant que l'une de mes deux amies ne reparte sur sa lancée.

— Elle dit qu'elle ressemble à un lapin, ai-je déclaré.

— À un lapin ! Pourquoi elle pense ça ? a demandé Caroline.

— Je ne sais pas.

— Elle ne ressemble pas du tout à un lapin, a protesté Sophie. Elle était super belle. J'ai appelé ma mère, et elle était d'accord avec moi. En plus, elle a trouvé sa critique du film vraiment marrante.

— Mon père aussi, a dit Caroline. Il n'arrêtait pas de rire. Hein, Sophie ?

— Oui, c'est vrai.

— Tant mieux. Je vais le dire à ma mère.

— Bon. Alors à demain, au carrefour, a conclu Caroline.

— Oui, à demain.

Sophie a soupiré.

— Je pense tout le temps à la pièce, c'est horrible ! Je suis tellement stressée que je n'arrive même pas à manger. Ma mère a peur que je me fasse un ulcère. Pourvu que Cheyenne n'ait pas le rôle !

— Elle ne l'aura pas, a dit Erica.

— Oui, je suis sûre qu'elle ne l'aura pas, ai-je décrété.

En fait, rien ne me permettait d'être aussi affirmative. Mais *les amies essaient toujours de réconforter leurs amies*. C'est une règle.

— Elle n'a fait que pleurnicher, ai-je ajouté.

Sophie n'était pourtant pas rassurée.

— Peut-être que la princesse Pénélope est *censée* pleurnicher.

— Non. Les princesses ne pleurent pas. Elles sont fortes. Il *faut* que Pénélope soit forte, pour protéger les fées-des-ampoules-fluorescentes et les elfes-des-transports-publics.

Là, Sophie s'est un peu calmée.

— Oh ! Je n'avais pas pensé à ça.

J'ai entendu un bip dans le téléphone. Ça signifiait que quelqu'un d'autre essayait de nous joindre.

— Il y a un autre appel... Je dois te quitter.

— À demain, a dit Caroline.

— À demain.

J'ai raccroché et le téléphone a sonné aussitôt. J'ai répondu :

— Allô ? Bonjour. Allie Punchie à l'appareil.

— Bonjour, Allie, a dit une voix de femme. Ici Joyce. Je suis une amie de ta mère, au travail. Est-ce qu'elle est là ? Je voudrais la féliciter pour sa critique que je viens de voir dans *Bonnes Nouvelles* !

— Ne quittez pas, je vais la chercher.

Ça commence, ai-je pensé. Il y a à peine *cinq minutes* que ma mère est passée à la télé, et déjà, elle est célèbre ! Toute ma vie va s'en trouver bouleversée. En fait de bouleversement, j'ai dû aider mon père à remplir le lave-vaisselle après le départ de tout le monde.

Mais ce n'était pas grave parce que, tôt ou tard, on aurait une femme de ménage pour ranger la cuisine, comme chez Mary Kay Shiner. Peut-être même un maître d'hôtel. C'est vrai, quoi. On ne demande pas aux enfants d'une star de la télé de remplir le lave-vaisselle ni de le vider ! Normalement, à partir de la semaine prochaine, je ne serais plus tenue d'aider pour les corvées dans la maison.

En attendant, j'ai eu un mal fou à m'endormir ce soir-là. D'abord, parce que Micha était tellement excité à cause de la fête (il adore quand on invite des gens) qu'il faisait des bonds partout dans ma chambre en jouant avec sa balle. C'était vraiment, vraiment agaçant, mais il est encore trop jeune pour qu'on le laisse sortir – surtout la nuit.

Et puis, je n'arrêtais pas de penser à ma nouvelle vie, maintenant que j'étais la fille d'une star de la télé. Quand j'arriverais à l'école, tout le monde allait sûrement se précipiter sur moi. Ce serait difficile de signer autant d'autographes sans attraper une crampe au poignet, mais je ferais de mon mieux. Je ne voulais pas qu'on me prenne pour une snob, comme Cheyenne !

Je me disais aussi que ce serait peut-être moi qui aurais le rôle de la princesse Pénélope. Du coup, les autres seraient *encore plus* jalouses. C'est-à-dire, si j'étais choisie. Ce qui n'était finalement pas si sûr que ça. Mais assez sûr quand même. J'allais devoir faire très attention avec Sophie quand elle se mettrait à pleurer, *forcément*, puisqu'elle n'aurait pas été prise. En revanche, je ne serais pas du tout gentille avec Cheyenne. Elle, je m'en fichais complètement.

Moi qui croyais que je ne trouverais jamais le sommeil, j'ai quand même dû m'endormir à un moment parce que je me suis réveillée le lendemain avec Micha qui jouait à m'emmêler les cheveux, comme tous les matins. Je l'ai repoussé en faisant attention à ses griffes et je me suis habillée. J'ai mis mes plus beaux leggings – les violets –, ma jolie jupe en jean, mes baskets, et un sweat à capuche de couleur vive. Maintenant que j'étais la fille d'une star de la télé et peut-être la future star de la pièce de l'école, il était important que je soigne mon allure... sans en faire trop quand même. Encore une fois, je ne voulais pas qu'on me prenne pour une snob.

Qu'est-ce que vous voulez ? C'est ce qui arrive quand on est une star : tout le monde vous aime. Sauf que certaines personnes ne sont pas capables de faire taire leur jalousie. Dans les magazines d'ados de Missy, on vous met tout le temps en garde contre ça.

Quand Erica est venue me chercher pour aller à l'école, elle n'a pas eu l'air de remarquer que je m'étais bien habillée, ni que j'avais mis plein de barrettes à paillettes dans mes cheveux. Mais ce n'était pas grave. Il ne fallait pas que ça se voie trop, justement. Et lorsqu'on est arrivées au carrefour, pareil. Caroline et Sophie ne se sont aperçues de rien. Là aussi, j'ai décidé que ce n'était pas grave.

— Ta mère était super, hier ! a dit Caroline sans le moindre commentaire sur ma tenue.

— Et trop jolie, a ajouté Sophie.

89

— Oui, je suis d'accord, a renchéri Erica. Et elle ne ressemblait pas du tout à un lapin.

— Je me demande combien de gens l'ont vue, ai-je dit.

En vérité, ce n'était pas la question qui me préoccupait. Je me demandais surtout si Mme Hunter avait regardé l'émission, et si, en constatant qu'il y avait de telles stars dans ma famille, elle m'avait choisie pour jouer la princesse Pénélope.

— Tout le monde a dû la voir, a repris Erica.

— En tout cas, tous ceux qui ne regardaient pas *Entertainment Tonight*, a corrigé Caroline.

Sophie a eu un petit rire méprisant.

— Personne ne regarde ça. Ce n'est pas marrant.

— Missy le regarde, a déclaré Erica. Elle veut être au courant de ce que font les idoles des jeunes.

Sophie a soupiré en levant les yeux au ciel :

— Ah oui, d'accord. Missy....

On était arrivées à l'école, et Kevin, qui ne se tenait plus d'impatience et voulait tout raconter à ses copains de maternelle, a lâché les mains d'Erica et de Caroline et a foncé vers le portique en criant :

— Ma mère est passée à la télé hier !

Immédiatement, les filles de C.M.2 qui attendent toujours Kevin pour voir comment il est habillé (parce qu'il vient parfois à l'école déguisé) se sont approchées. L'une d'elles, une rousse avec des cheveux retenus en arrière par des barrettes Hello Kitty, m'a demandé :

— Qu'est-ce qu'il raconte ?

— Oh...

Je ne savais pas quoi dire. Ça ne se passait pas du tout comme je l'avais imaginé. Où était ma luxueuse limousine blanche ? Et mes gardes du corps pour me protéger des paparazzi ?

— Rien.

— Ce n'est pas rien ! a dit Sophie, tout excitée. Sa mère travaille pour *Bonnes Nouvelles* ! Elle est passée à la télé hier soir. Même qu'elle a dit que le film qui vient de sortir, *Requiem pour un somnambule*, était un puissant somnifère !

La C.M.2 aux cheveux roux a eu l'air étonné.

— C'était ta mère ?

Elle s'est tournée vers un autre groupe de C.M.2, plus loin dans la cour, et a lancé :

— Hé, Katie ! La mère du petit pirate travaille pour *Bonnes Nouvelles* ! Elle fait des critiques de films à la télé !

La fille à laquelle elle s'adressait a arrêté d'envoyer des textos et s'est approchée aussitôt. Ses amies l'ont imitée. Elles ont lâché leurs portables et sont venues vers nous.

— Sérieux ? a dit Katie. C'était ta mère ?

— Oui...

Je n'en revenais pas que toutes ces filles de C.M.2 me parlent ! Et pour une fois, elles ne me considéraient pas seulement comme la sœur du petit de maternelle qui venait à l'école déguisé.

— C'est trop classe, a déclaré une C.M.2 qui portait un jean avec des brillants. Elle va parler de quel film, après ?

— Je ne sais pas.

Incroyable. Enfin, je devenais célèbre ! *Et pourtant, je n'avais pas été kidnappée par des extraterrestres, ni encore choisie pour jouer la princesse Pénélope !*

— Qu'est-ce qui se passe ? a demandé quelqu'un.

Tout le monde s'est retourné et on a vu Cheyenne qui s'approchait avec ses amies, M et D. J'ai remarqué tout de suite qu'elle avait l'air en colère. Pourquoi ? Est-ce que Mme Hunter lui avait annoncé qui allait jouer la princesse Pénélope, et ce n'était pas elle ? Mais comment était-ce possible ? La cloche n'avait même pas encore sonné.

— Sa mère fait des critiques de films pour *Bonnes Nouvelles !*, a expliqué la rousse de C.M.2 en me montrant du doigt.

Cheyenne m'a dévisagée d'un air méprisant.

— Et alors ? Je ne connais pas.

Caroline, Sophie, Erica et moi, on s'est regardées. Quoi ? ! Elle ne connaissait pas *Bonnes Nouvelles ! Tout le monde* connaissait *Bonnes Nouvelles !*

Les C.M.2 se sont dévisagées avec le même air étonné, puis se sont mises à rire. Pour se moquer de Cheyenne, je précise.

— Tu ne connais pas *Bonnes Nouvelles !* ? s'est exclamée la fille avec le jean à brillants. Attends, je n'y crois pas... Parce que, tu vois, c'est une émission très connue en ce moment !

Cheyenne est devenue toute rouge. Un rouge rose... Bref, c'était une drôle de couleur. Tout le monde a peur des filles de C.M.2, à l'école. Si elles se moquent de vous, c'est horrible ! C'est presque aussi horrible que quand Cheyenne vous traite de haut.

— Moi, je viens du Canada, a dit Cheyenne en relevant le menton d'un air agressif. Cette émission n'est pas connue là-bas.

— D'accord, mais tu habites ici maintenant, non ? a rétorqué la rousse. Alors, je te conseille de la regarder si tu ne veux pas être complètement à côté de la plaque, Madame Je-sais-tout !

Là-dessus, les C.M.2 ont tourné les talons et sont parties.

Cheyenne était rouge écarlate maintenant. Elle qui croyait *tout* savoir, justement, elle découvrait que ce n'était pas le cas. Ses amies aussi, Marianne et Dominique, étaient tellement stupéfaites de la voir prise en défaut qu'elles se sont mises à pouffer.

Furieuse, Cheyenne s'est tournée vers elles.

— Oh, la ferme !

Puis elle a posé une main sur sa hanche et m'a lancé avec un air de défi :

— On verra bien celle qui est à côté de la plaque, quand Mme Hunter nous dira qui va jouer la princesse Pénélope. Hein, Allie ?

Ah ! Donc, elle ne le savait pas encore. Si elle était de mauvaise humeur en venant nous rejoindre, c'était tout simplement parce que des grandes de C.M.2 nous parlaient. À nous, et pas à elle.

— Oui, c'est ça, ai-je rétorqué. On verra.

Dans ma tête, j'ai ajouté : « Et ce sera moi. » Mais je ne l'ai pas dit tout haut, parce que je ne voulais pas faire de peine à Sophie. Je savais qu'elle avait très envie de jouer la princesse Pénélope, et qu'elle se mettrait sans doute à pleurer quand elle apprendrait que j'avais obtenu le rôle, et pas elle. *Les amies n'essaient pas de faire de la peine à leurs amies exprès.* C'est une règle.

D'ailleurs, c'est pour cette raison aussi que Cheyenne n'était pas notre amie. Elle cherchait toujours à nous faire de la peine. Alors qu'on ne lui avait jamais rien fait.

J'étais tellement impatiente que Mme Hunter nous annonce qu'elle m'avait choisie pour jouer la princesse Pénélope ! Bien sûr, je serais triste quand Sophie pleurerait.

Mais Cheyenne aussi allait pleurer. Et ça, ce serait *génial*. En plus, cette fois, elle ne ferait pas semblant.

Règle n° 7

Personne n'aime les gagnants qui se vantent

— Je la déteste, a déclaré Sophie quand Cheyenne a eu le dos tourné.

Erica, qui est toujours pour la paix, a protesté :

— Il ne faut pas dire qu'on déteste les gens. Même Cheyenne.

Sauf que je n'étais pas d'accord. Et Sophie non plus, apparemment.

— Je la déteste quand même, a-t-elle répété. Si elle a le rôle de la princesse Pénélope, je change d'école.

Oh non ! Et si on me donnait le rôle, à *moi* ? Est-ce que Sophie voudrait aussi changer d'école ?

Prudemment, pour tâter le terrain, j'ai demandé :

— Et si c'est Dominique qui a le rôle ?

— Elle ne l'aura pas, a répondu Sophie d'un air méprisant. Elle était nulle à l'audition.

Oh là là ! C'était horrible. Si Mme Hunter me choisissait – ce qui était probable –, l'une de mes meilleures amies ne serait plus ma meilleure amie. Peut-être même qu'elle partirait dans une autre école ! Je n'aurais pas dû écouter Oncle Jay. Il donne toujours de très mauvais conseils. Enfin, pas toujours, mais parfois.

À ce moment-là, la cloche a sonné et tout le monde s'est regroupé devant la porte. Pendant qu'on se mettait en rang, Mme Hunter, qui avait remarqué que je la regardais, m'a souri. Ça voulait sûrement dire que j'allais jouer la princesse Pénélope ! Sauf que, à ma grande déception, elle a seulement dit :

— Au fait, Allie, j'ai vu ta mère à la télévision, hier. Elle était ravissante.

Ravissante ! Mme Hunter trouvait que ma mère avait été ravissante ! Et elle l'avait dit devant toute la classe ! Tellement fort que même Joey Fields avait entendu.

— Quoi, Allie ? Ta mère est passée à la télé ? Pourquoi tu ne m'en as pas parlé ?

Pendant qu'on montait en classe, Stuart Maxwell m'a arraché mon écharpe pour la lancer dans l'escalier, mais Rosemary l'a rattrapée au vol et me l'a rendue.

— Elle était bien, ta mère, a dit Rosemary. Sauf qu'elle avait de drôles d'yeux.

Je l'ai dévisagée d'un air ahuri.

— Quoi ?

— Oui, ses yeux étaient bizarres. Comme des yeux de souris, on aurait dit.

— Pas du tout !

— C'est bon, ne t'énerve pas. C'est mignon, les souris.

Je ne comprenais rien à ce que me racontait Rosemary. Ma mère ne ressemblait pas du tout à une souris ! D'accord, elle était peut-être plus jolie dans la vraie vie qu'à la télé. Mais ça, c'est pareil pour tout le monde, non ? Moi aussi, quand je me regarde dans le miroir, je n'ai pas la même tête que sur les photos de l'école (en général, je suis mieux dans le miroir, vu que les photographes qui viennent à l'école se débrouillent toujours pour nous faire sourire bêtement).

Bref, pour en revenir à Mme Hunter qui avait trouvé ma mère ravissante, je suis sûre que c'était bon signe. Ça signifiait que j'avais eu le rôle de la princesse Pénélope ! Après tout, elle aurait pu dire seulement que ma mère était « très bien », ou « jolie ». Mais *ravissante*, c'est comme « merveilleuse ». Ça fait penser à heureuse... Et Mme Hunter avait dit aussi que c'était un bonheur de m'avoir dans sa classe. C'était bien une manière de me faire comprendre que j'avais le rôle. Non ?

J'ai été interrompue dans ma rêverie par Mme Hunter qui nous demandait de nous asseoir. Elle a déplié une feuille de papier en déclarant qu'elle avait quelque chose à nous annoncer. On a tous compris ce que ça voulait dire : elle allait donner la distribution des rôles dans *La Princesse Pénélope au Royaume du recyclage*.

Il y a eu un tel silence dans la classe qu'on aurait pu entendre le bruit du micro-ondes d'Oncle Jay quand il se fait réchauffer une pizza, et pourtant, il habite à un kilomètre de là. Enfin, on allait savoir !

— Tout d'abord, a dit Mme Hunter, je tiens à tous vous féliciter. J'ai été très fière de vous hier, pendant l'audition. Vous avez beaucoup travaillé et j'ai vu que vous ne ménagiez pas vos efforts. J'aimerais pouvoir donner à chacun le rôle qu'il désire, mais comme ce n'est pas possible, j'ai choisi de vous faire jouer le personnage dans lequel, vous connaissant comme je vous connais, vous serez excellent. Bien... Je vais commencer par les soldats de la méchante reine.

Il y a eu des sifflements et des « oui ! » de

victoire quand Stuart Maxwell, Patrick Day et quelques autres, dont Rosemary, ont su qu'ils avaient obtenu le rôle qu'ils voulaient. (Même si Patrick et Stuart étaient un peu refroidis d'apprendre que Rosemary aussi jouerait un soldat, parce que, du coup, ils pourraient moins faire les fous. Mais elle, en tout cas, était ravie.)

Puis Mme Hunter est passée au magicien-des-bouteilles-d'eau-réutilisables, le personnage qui plaisait à Joey Fields. Vu que personne d'autre ne s'était présenté pour le rôle, il l'a eu. Joey a fermé les yeux et, en silence, il a fait : « Oui !! »

Lenny Hsu a été ensuite désigné pour jouer le dragon-en-papier-recyclé (lui aussi était le seul à s'être présenté pour le rôle). Mais il a à peine levé les yeux de son livre de dinosaures.

Caroline était contente de jouer la licorne-du-débranchement-des-appareils-électriques-quand-on-ne-s'en-sert-pas. C'était le rôle qu'elle espérait, parce qu'il n'y avait pas beaucoup de texte et que tout ce qu'elle devait faire, c'était trotter sur la scène autour de la princesse Pénélope en lui indiquant le chemin dans la forêt magique à l'aide de sa corne. Après, elle expliquait qu'en débranchant les appareils électriques quand on ne s'en sert pas, cela représente cinq cents kilos de dioxyde de carbone en moins et deux cent cinquante-six dollars d'économie par an, par foyer. Mme Hunter avait sûrement trouvé, comme nous tous, que Caroline était bonne au trot puisqu'elle l'avait choisie pour le rôle.

Mme Hunter a continué à distribuer les rôles, et c'est là que les problèmes ont commencé : des tas d'élèves n'étaient pas *du tout* contents ! Par exemple, des filles qui avaient auditionné pour la princesse Pénélope et qui se retrouvaient elfes-des-transports-publics, ou sirènes-de-la-conservation-de-l'eau. Dominique et Marianne ont failli se mettre à pleurer en apprenant qu'elles allaient jouer des fées-des-ampoules-fluorescentes. J'ai vu que Cheyenne leur souriait d'un air faussement triste. Je dis *faussement* triste, parce que Cheyenne n'est jamais triste pour personne sauf pour elle. Tout ce qui l'intéressait, c'était d'entendre son nom quand Mme Hunter dirait : « Dans le rôle de la princesse Pénélope, j'ai choisi... »

Alors là, elle pouvait toujours attendre ! Mme Hunter ne dirait *sûrement* pas ça. Parce que le rôle était pour moi. Mme Hunter a annoncé :

— Le rôle de la marraine-fée-des-sacs-de-cour-ses-réutilisables sera joué par Erica Harrington.

Erica a étouffé un petit cri de joie et s'est tournée vers moi. Elle était rayonnante.

— Ouii ! a-t-elle fait silencieusement.

— Ouii ! ai-je répondu de la même manière.

102

J'étais contente pour Erica, parce qu'elle avait très envie de jouer la marraine-fée.

— Le rôle de la reine-fée, a continué Mme Hunter, sera joué par Cheyenne O'Malley.

Cheyenne n'est pas la seule dans la classe qui a eu l'air stupéfait – mais contrairement aux autres, elle, c'était une stupeur horrifiée. Ça se voyait.

— Madame Hunter, a dit Cheyenne en levant le doigt. Je crois qu'il y a une erreur. Ce n'est pas le rôle que j'ai lu. Je me suis présentée pour jouer la princesse Pénélope.

— J'en suis bien consciente, Cheyenne, a répondu Mme Hunter. Mais d'après ta performance d'hier, je pense que tu seras meilleure dans le rôle de la reine-fée. C'est un très bon rôle.

Cheyenne en est restée la bouche ouverte. Elle avait aussi les yeux qui lui sortaient un peu de la tête.

— Mais ce n'est pas le rôle *principal*, a repris Cheyenne. J'ai toujours joué le rôle principal dans toutes les pièces à l'école. En tout cas, quand j'habitais au Canada.

— Eh bien, moi, a répliqué Mme Hunter, j'ai pensé dès le début que tu ferais une excellente reine-fée. C'est un très joli rôle. Tu porteras un costume à paillettes, avec des ailes, une belle robe longue et une couronne de lumières fluorescentes. Et puis, tu auras les autres fées sous tes ordres.

Les autres fées, Marianne et Dominique, se sont tournées vers Cheyenne avec des mines inquiètes, comme pour lui dire : « Hé, tu te souviens de nous ? Coucou, on est là ! Nous aussi, on voulait être la princesse Pénélope et on a eu les fées-des-ampoules-fluorescentes ! » Tandis que Cheyenne, au moins, elle était la *reine* des fées-des-ampou-les-fluorescentes. Mais elle ne leur a même pas accordé un regard.

— Je ne veux pas être la reine des fées. Je veux être la princesse Pénélope. Et je vais le dire à ma mère !

Là-dessus, elle a croisé les bras sur sa poitrine et a fixé la fenêtre en ignorant le reste de la classe.

— Je regrette que mon choix ne te plaise pas, Cheyenne, a répondu fermement Mme Hunter. Tu peux prévenir ta mère, je serai ravie de lui parler, comme d'habitude.

Puis Mme Hunter est retournée à sa liste. Elle n'avait plus que deux noms à lire. Le mien, et celui de Sophie. Et je savais pourquoi. Parce que j'avais le rôle de la princesse Pénélope, évidemment. Je ne me rappelais pas quel autre rôle il restait encore à attribuer, mais Sophie avait sûrement celui-là...

... et bien sûr, elle allait pleurer en apprenant que j'étais la princesse et pas elle.

Il ne faudrait donc pas que j'aie l'air trop

contente. Sauf que bien sûr, en réalité, je serais folle de joie.

Personne n'aime les mauvais perdants, comme Cheyenne. C'est une règle.

Mais personne n'aime non plus les gagnants qui se vantent. C'est une autre règle.

Donc, quand on gagne, il ne faut pas trop montrer sa joie aux autres. C'est important d'avoir la victoire modeste. On peut se réjouir et fêter sa réussite chez soi, après, quand les perdants ne vous voient pas (c'est une autre règle).

— Allie Punchie..., a annoncé Mme Hunter en lisant sa feuille.

Je me suis penchée en avant, bien décidée à rester très calme. Je n'allais pas me lever ni danser sur ma table, non. Mais je lâcherais peut-être un petit « oui ! ». Un tout petit. C'est vrai, quoi. J'avais le droit de me réjouir *un peu*. Quand même, je le méritais bien. J'avais travaillé dur pour préparer l'audition !

— ... tu vas jouer la méchante reine, a dit Mme Hunter.

L'énorme « oui ! » que je formulais déjà dans ma tête a explosé en mille morceaux.

Quoi ? J'allais jouer *quoi ?*

— Super, Allie ! a chuchoté Rosemary qui était assise au bout de ma rangée. On sera ensemble dans plein de scènes.

105

— Enfin, a conclu Mme Hunter, la princesse Pénélope sera interprétée par Sophie Abramo-witz.

Sophie, qui était assise deux rangées devant moi, a poussé un petit cri aigu et a aussitôt plaqué les deux mains sur sa bouche.

— Oh là là ! a-t-elle murmuré. C'est vrai ! C'est moi ? *MOI ?*

— Oui, Sophie, a répondu Mme Hunter en lui souriant. Toi.

Ensuite, la maîtresse s'est adressée à l'ensemble de la classe.

— Il ne nous reste pas beaucoup de temps pour répéter. Tout le monde doit donc commencer à apprendre son rôle, et je veux que vous connaissiez votre texte par cœur au plus tard pour la fin de la semaine prochaine. À présent, sortez votre livre de maths et ouvrez-le à la page deux cent dix. Nous allons travailler sur les fractions, ce matin.

Sauf que je n'ai pas sorti mon livre de maths. Et que je ne l'ai pas ouvert à la page deux cent dix. Parce que je ne pouvais pas bouger. J'avais reçu un tel choc que j'étais littéralement *paralysée*. Je n'en revenais pas ! Moi qui m'étais présentée pour jouer Pénélope – et qui avais travaillé telle-ment, tellement dur –, je me retrouvais avec le rôle de la *méchante marâtre* ?

C'était impossible !!

Sans vouloir insulter personne, j'étais de loin la meilleure princesse Pénélope à l'audition. Je ne me vante pas, mais j'avais quand même répété avec un étudiant en art dramatique (enfin, un ex-étudiant), et grâce aux conseils d'Oncle Jay, je n'étais pas tombée dans le mélodrame, comme Cheyenne. Et puis, j'étais la seule à avoir fait rire Mme Hunter ! D'accord, elle n'était pas censée rire. Mais quand même.

Et peut-être que je ne ressemble pas à une princesse, comme Sophie. Je ne suis pas aussi belle qu'elle, dans le sens classique du terme, mais je suis meilleure actrice. Je ne dis pas ça pour être méchante. D'ailleurs, je ne le dirais jamais à Sophie en face.

Mais je suis tout simplement meilleure. C'est un *fait*.

Alors, pourquoi Mme Hunter – ma maîtresse *adorée*, la plus gentille des maîtresses que j'avais jamais eues –, pourquoi me donnait-elle *le pire rôle de toute la pièce* ? Celui de la méchante sorcière qui veut tuer tout le monde, pas seulement la jolie héroïne, mais aussi tous les habitants du Royaume du recyclage ? Un personnage qui jette ses papiers et ses ordures dans la rue ? Un personnage qui ne croit pas au réchauffement climatique alors que quatre-vingt-dix-huit pour cent

107

des études scientifiques le prouvent, et qui ne comprend pas qu'on peut sauver un arbre juste en recyclant un tas de journaux d'un mètre de haut ? Le personnage que tout le monde déteste ? Pourquoi ? POURQUOI ?

C'était incompréhensible. Est-ce que j'avais fait quelque chose de mal pour que Mme Hunter s'en prenne à moi ? Je ne me rappelais pas m'être mal comportée. Ou alors, je ne m'en étais pas rendu compte. Peut-être l'avais-je déçue d'une manière ou d'une autre, et donc pour se venger, ou pour me donner une leçon, elle me punissait en me choisissant pour cet horrible rôle, le plus horrible de tous ?

À moins que... Et si Mme Hunter était en colère contre ma mère ? Parce qu'en fait elle avait beaucoup aimé *Requiem pour un somnambule*, et que ma mère s'était moquée du film en disant que c'était prétentieux et un puissant somnifère ?

Mais non... Ce n'était pas possible. Puisqu'elle avait trouvé ma mère ravissante à *Bonnes Nouvelles !* Pourquoi aurait-elle dit « ravissante » si elle n'était pas d'accord avec la critique de ma mère ?

Non, ça ne tenait qu'à moi. C'était à *moi* que Mme Hunter en voulait. J'avais envie de pleurer. Dire qu'un instant avant, je pensais que je ne montrerais pas trop ma joie pour ne pas faire de peine à ma meilleure amie.

Et maintenant, je me retenais d'éclater en sanglots devant toute la classe. Sauf que personne ne s'intéressait à moi. Quand la cloche a sonné, les autres se sont précipitées vers Sophie pour la féliciter. Et Sophie était parfaite. Elle remerciait d'un air modeste et répondait comme une vraie princesse : « C'est Mme Hunter qui a décidé... Moi, je n'y suis pour rien... »

Excusez-moi, mais même si je sais qu'on ne doit pas détester les gens, j'ai détesté Sophie à ce moment-là ! Non, pas vraiment détesté. Mais un peu quand même. Disons que je ne l'aimais pas trop, voilà. Parce que c'est moi qui aurais dû répondre ça à sa place ! Pourquoi personne ne venait me féliciter, *moi* ?

Attendez une minute... Je sais pourquoi. Parce que tout le monde déteste la méchante reine. Stuart Maxwell n'a pas attendu longtemps pour me le prouver. Il m'a lancé une boulette de papier en criant :

— Ah ah ! Méchante reine. Ça te va bien, Allie !

À cause de lui, j'ai eu encore plus envie de pleurer. Mais je n'ai pas pleuré. Je me suis rappelé que j'étais une actrice, et j'ai fait *comme si de rien n'était*.

— Je te signale que toi, tu es mon soldat, ai-je rétorqué. Tu dois obéir à la méchante reine. Alors, je t'ordonne de la fermer.

Il m'a regardée d'un air étonné en haussant les sourcils.

— Tu n'as pas le droit de me donner des ordres.

— Bien sûr que si. Je suis la reine. Donc, je suis ta chef.

Désarmé par ma logique imparable, Stuart s'est rabattu sur son dessin de monstres sans têtes et s'est mis à le colorier dans tous les sens pour se donner une contenance. Si ça pouvait le consoler, tant mieux pour lui. Moi aussi, j'aurais dessiné des monstres sans têtes si ça m'avait aidée. Sauf que la seule chose qui pouvait me consoler, moi, c'était... de jouer la princesse Pénélope. Mais puisque ce n'était pas possible, j'ai pris soudain une décision. Je suis allée voir Sophie au moment où on descendait en récré et je lui ai dit, en ayant l'air de le penser vraiment :

— Je suis trop contente pour toi, Sophie !

Alors que Cheyenne, furieuse, sortait son portable et appelait sa mère, moi, je me réjouissais pour Sophie qui allait jouer la princesse Pénélope. Même si j'aurais dû avoir le rôle. Parce que c'est ainsi que se comportent les bons perdants – et aussi les meilleures amies.

— Oh, Allie ! s'est écriée Sophie avec un sourire radieux. Merci ! Je suis désolée que tu n'aies pas eu le rôle, tu sais. Tu étais vraiment bonne, toi aussi.

— Oui, a dit Caroline. Mais ce n'est pas très grave, parce que Allie n'en avait pas autant envie que toi, Sophie. Elle s'est juste présentée pour contrer Cheyenne.

Là, j'ai encore failli pleurer et je me suis retenue de toutes mes forces. Moi, je n'en avais pas *envie* ? Au contraire ! J'étais même atrocement déçue. Mais puisque je n'avais pas été choisie, ce n'était pas plus mal que personne ne le sache.

— Je suis très contente du rôle que j'ai eu, ai-je répondu en souriant gentiment à Sophie. En tout cas, ce n'est pas moi qui vais appeler ma mère pour me plaindre. Pas comme Cheyenne.

— Pff, a fait Sophie en repoussant une mèche de ses beaux cheveux bouclés. Cheyenne ! Elle fait tout le temps sa princesse, elle, mais en *vrai* !

— Exactement, ai-je approuvé.

— Tu seras une super méchante reine, Allie, a ajouté Erica. La *meilleure* méchante reine !

Je l'ai dévisagée en ouvrant grand les yeux.

— Ah bon ?

— Oui, bien sûr ! a confirmé Sophie.

Caroline aussi était de l'avis de Sophie et d'Erica.

— Tu es toujours la meilleure quand on joue

aux reines à la récré. Pourquoi tu ne serais pas une super méchante reine ? En plus, Stuart et les garçons feront tout ce que tu leur diras.

Là, j'ai senti un grand poids s'abattre sur mes épaules.

— Ça, c'est vrai, ai-je acquiescé en essayant de cacher ma déception.

Je comprenais maintenant pourquoi Mme Hunter m'avait donné le rôle de la méchante reine. Ce n'était pas pour me punir, contrairement à ce que je croyais. En fait, c'était juste pour que les garçons qui jouaient les soldats m'obéissent. Déjà que j'étais la seule assise à côté d'eux toute la journée, alors... Enfin, avec Rosemary. Mme Hunter pensait sûrement qu'à nous deux, on pourrait les empêcher de faire trop de bêtises pendant les répétitions, vu qu'on avait l'habitude de les surveiller en classe.

Ce n'était pas juste ! Moi, je voulais être la jolie princesse, pas la méchante qui commande les garçons.

Maintenant, ça n'arriverait plus jamais. Pas dans cette pièce-là, c'était clair, et pas avec cette maîtresse. J'avais tellement espéré que les choses seraient différentes, pour une fois. Mais c'était raté.

Et je savais exactement qui était responsable. De m'avoir fait espérer, en tout cas.

Règle n° 8

Il n'y a pas de petits rôles,
il n'y a que de petits acteurs

Quand je suis rentrée de l'école, il était planté devant notre réfrigérateur grand ouvert – comme souvent, je précise, quand il n'est pas en cours, ou en train de livrer une pizza, ou avec sa petite amie ou encore affalé chez lui pour regarder une série policière à la télé.

— Tes parents ne font plus les courses, ou quoi ? m'a lancé Oncle Jay en me voyant arriver dans la cuisine.

Il a mordu dans une pomme.

— Il n'y a plus de pommes, a-t-il expliqué. Enfin, je veux dire... *Maintenant*, il n'y en a plus.

C'était la dernière. Et j'ai eu un mal fou à la trouver.

J'ai posé rageusement mon cartable sur la table et je l'ai fusillé du regard.

— Qu'est-ce qu'il y a ? a-t-il demandé.

Il m'a tendu la pomme, dans laquelle il avait croqué une grosse bouchée.

— Tu la voulais ?

— Je n'ai pas eu le rôle de la princesse Pénélope, ai-je annoncé. Et c'est ta faute.

Oncle Jay a eu l'air choqué.

— Comment ça, c'est ma faute ? Tu savais ce qu'elle avait mangé pour le petit déjeuner ?

J'étais tellement en colère que j'ai failli fondre en larmes.

— Oui ! Des Kellogg's Trésor. Mais je n'ai quand même pas eu le rôle !

— Tu as lu avec une voix qui portait ? a encore demandé Oncle Jay.

— Évidemment, j'ai lu avec une voix qui *portait* ! C'est justement ça, le problème. Ma voix portait tellement fort que j'ai dû parler comme une reine, et pas comme une gentille princesse. Du coup, Mme Hunter a choisi Sophie pour jouer la princesse, et moi je vais être la méchante reine !

Je n'ai pas raconté que Mme Hunter m'avait aussi donné le rôle de la méchante reine pour que je surveille Stuart et Patrick. Il ne faut quand

114

même pas exagérer. Je n'étais pas obligée de *tout* dire à Oncle Jay. Je voulais juste lui en raconter assez pour qu'il se sente coupable.

— À cause de toi, ai-je donc ajouté, je suis la méchante marâtre qui ne croit pas au recyclage et ne veut pas sauver la planète !

Oncle Jay a croqué dans sa pomme d'un air songeur.

— Ah, un rôle de composition... C'est vrai que je te vois bien là-dedans.

— C'est quoi, un rôle de composition ? ai-je interrogé, sur la défensive.

Il était hors de question que je me laisse embobiner une fois de plus. J'étais déçue et furieuse. J'avais besoin de décharger ma colère sur quelqu'un, et Oncle Jay était la personne toute désignée pour ça.

— Un rôle de composition, a-t-il expliqué en s'asseyant sur un tabouret de la cuisine, c'est quand un acteur joue un personnage dont la personnalité est très différente de la sienne. Et, en effet, ce sont souvent des rôles de méchants.

Je me sentais le visage brûlant à force de refouler mes larmes.

— Je ne comprends pas, ai-je dit.

— Par exemple, tu vois Ursula ? La sorcière de la mer dans *La Petite Sirène* ? Par rapport à Ariel, l'héroïne, c'est un rôle de composition.

Là, mes larmes ont débordé. Impossible de me contrôler. Je m'étais retenue toute la journée, mais maintenant que j'étais à la maison, je pouvais enfin me laisser aller. Mes amies n'étaient pas là pour me voir, je n'avais plus besoin de faire bonne figure. Quand on avait appris que Cheyenne était retournée à l'école avec sa mère pour se plaindre auprès de Mme Hunter et de Mme Jenkins, la directrice, Sophie s'était mis en tête que Mme Jenkins allait obliger la maîtresse à donner le rôle de la princesse Pénélope à Cheyenne. Erica, Caroline et moi, on avait dû la rassurer pendant tout le trajet du retour. Sauf que moi, même si j'essayais de trouver des choses gentilles à dire à Sophie, j'avais envie de pleurer tellement j'étais déçue.

Alors, là, j'ai craqué et j'ai commencé à sangloter tellement fort que j'arrivais à peine à parler.

— Mais... c'est justement ça ! Je... je ne veux pas être une sorcière de la mer ! Je veux être une p... princesse !

Oncle Jay a eu l'air inquiet – et très étonné de me voir exploser.

— Oh, Allie..., a-t-il murmuré doucement. Ce n'est pas grave. C'est bien mieux d'être une reine qu'une princesse.

— Une... une méchante... reine ! ai-je corrigé en pleurant de plus belle.

— Pourquoi te mets-tu dans de tels états ? Tout le monde préfère Ursula plutôt qu'Ariel, c'est évident.

— N-non..., ce n'est... pas vrai. Ursula est une méchante sorcière qui vole la voix de la sirène. Tout le monde la déteste, et quand elle meurt à la fin, on est content.

— Mais enfin, Allie, tu ne comprends pas ! s'est écrié Oncle Jay. Ursula n'est pas une vraie sorcière. Elle est jouée par une *actrice*, et par une actrice tellement extraordinaire qu'elle réussit à faire détester son personnage. Tu te rends compte ? Elle a un talent incroyable ! Ce n'est pas compliqué de jouer quelqu'un que tout le monde aime juste parce que c'est une belle princesse. N'importe qui peut y arriver. Mais apparemment, ta maîtresse a pensé en te voyant : « Cette petite fille-là est capable de jouer un rôle beaucoup plus difficile. Elle réussira à se faire détester. » Et si elle t'a choisie, c'est parce qu'elle estime que tu es la meilleure actrice de la classe.

Je l'ai regardé à travers mes larmes. J'avoue que je n'avais pas pensé à la méchante reine de cette manière-là – comme à un rôle difficile. À mes yeux, c'était seulement le rôle le pire de toute la pièce. Je le pensais toujours, d'ailleurs. À moins que...

J'ai essuyé mes larmes du revers de la main.

— Tu crois ? ai-je demandé. Tu crois vraiment que Mme Hunter trouve que je suis une bonne actrice ?

— J'en suis persuadé, a répondu Oncle Jay. Les metteurs en scène ne donnent jamais de rôles de composition à de mauvais acteurs. Ce sont les rôles les plus délicats à interpréter ! Qu'est-ce qui s'est passé exactement, pendant ton audition ? Souviens-toi... Est-ce que Mme Hunter a fait ou dit quelque chose de particulier ?

J'ai hésité.

— Euh, oui. À un moment, elle a ri...

Oncle Jay a claqué des doigts.

— Voilà ! s'est-il exclamé en pointant son index sur moi. Elle a ri. Est-ce qu'elle a ri quand les autres ont lu ?

— Non. Mais la scène n'était pas censée être drôle.

— Alors, c'est que tu as des talents comiques insoupçonnés, a dit Oncle Jay. Montre-moi encore le texte.

J'ai ouvert mon sac à dos et me suis exécutée, mais je n'étais qu'à moitié convaincue.

— Quand même... Je ne comprends pas pourquoi c'est bien de jouer quelqu'un de méchant, ai-je dit.

— Chut, a fait Oncle Jay en tournant les pages pour chercher mes répliques.

Après les avoir lues attentivement, il a murmuré :

— Ah oui.... Elle a bien raison, ta maîtresse.

Intriguée, je me suis penchée en avant sur mon tabouret.

— Pourquoi ?

— Est-ce que tu te rends compte qu'en jouant la méchante reine, tu as beaucoup plus de répliques que la princesse ?

— Ah bon ? ai-je fait en ouvrant tout grand les yeux malgré mes larmes.

— *Beaucoup plus*, a répété Oncle Jay. J'irais même jusqu'à dire que c'est la méchante reine, et non pas la princesse Pénélope, qui est le personnage central de la pièce.

— Mais elle est méchante et elle meurt à la fin, lui ai-je rappelé.

Oncle Jay a eu un air réjoui.

— Oui ! En plus, tu as une scène où tu meurs ! C'est un rôle fabuleux, Allie. Si tu relèves le défi, crois-moi, on ne verra que toi sur scène.

— Je ne comprends rien à ce que tu racontes, ai-je soupiré en cédant au découragement. Je vais jouer une reine qui est bête, méchante, et qui ne recycle pas. Est-ce que tu m'écoutes, au moins ?

— Mais oui, bien sûr que je t'écoute, a répondu Oncle Jay en me rendant le texte. Je te dis même ce que tu dois faire : interroge-toi sur la motivation de ton personnage. Cherche des raisons qui expliquent pourquoi la marâtre est aussi méchante. Plonge au cœur de sa noirceur, essaie de deviner ses aspirations les plus secrètes – et tu la joueras de manière époustouflante.

J'étais complètement perdue, et je commençais à en avoir assez de ce charabia.

— Mais il n'y a rien pour expliquer qu'elle est méchante ! Elle est juste méchante, c'est tout.

— Absolument pas, a contré Oncle Jay. Personne ne naît méchant. Les gens deviennent méchants à cause d'événements qui leur arrivent dans leur vie. Qu'est-ce qui est arrivé à la marâtre qui l'a rendue méchante ? Ah oui, aussi... Il faut que tu lui donnes un nom. Tu ne peux pas seulement l'appeler la méchante reine. Tu dois la connaître sur le bout des doigts si tu veux bien la jouer. Tu dois savoir...

— Oui, je sais, l'ai-je interrompu avec agacement. Je dois savoir ce qu'elle mange au petit déjeuner.

Franchement, je ne comprenais pas qu'Oncle Jay manifeste un tel enthousiasme pour une méchante reine. Qu'est-ce qu'on en avait à faire, de ce qu'elle mangeait au petit déjeuner ou de comment elle s'appelait ? Même *moi* qui allais la jouer, je m'en fichais. Elle était méchante, point final ! Et j'étais toujours aussi en colère. En plus, je ne pourrais même pas porter ma robe dorée à fleurs. Parce qu'une méchante reine, c'est forcément habillé en noir, non ? Oncle Jay racontait n'importe quoi. On allait me siffler, sûrement pas m'applaudir. Puisque j'étais méchante. Ne voyait-il pas combien c'était injuste ! J'avais travaillé tellement dur, et tout ça pour quoi ? Pour ne pas avoir le rôle. Normalement, on doit être récompensé pour ses efforts, non ? D'accord, je trouvais que Cheyenne avait eu tort d'appeler sa mère pour se plaindre. Mais d'un autre côté, je comprenais ce qu'elle ressentait.

Au moment où je pensais à la mère de Cheyenne, ma mère est entrée dans la cuisine par la porte qui donne sur le jardin.

— Tiens, Allie ! a-t-elle dit en enlevant ses gants de jardinage et son vieux blouson. Tu es rentrée ? Il me semblait bien t'avoir vue passer.

Là seulement, elle m'a regardée. Et elle s'est aussitôt alarmée.

— Chérie ! Qu'est-ce qui se passe ?

C'est Oncle Jay qui a répondu à ma place :

— Elle n'est pas contente parce qu'elle n'a pas eu le rôle principal dans la pièce. Mais je lui ai dit de ne pas s'inquiéter. Du moment qu'elle trouve la motivation de son personnage, tout ira bien.

— Oh, Allie, a soupiré ma mère en me serrant contre elle. Tu dois être affreusement déçue. Est-ce que je peux faire quelque chose ?

Je me suis crispée immédiatement. Pourtant, ça me faisait du bien de sentir les bras de ma mère autour de moi.

— N'appelle pas l'école, s'il te plaît ! me suis-je écriée. Je ne veux pas que tu appelles Mme Jenkins pour te plaindre !

— Mais pour quelle raison irais-je me plaindre à la directrice ? a demandé ma mère en reculant.

— C'est ce qu'a fait la mère de Cheyenne. Elle est en train de lui parler dans son bureau en ce moment même, avec Mme Hunter. Juste parce que Cheyenne n'a pas eu le rôle de la princesse Pénélope.

— C'est le rôle que tu voulais ? a demandé ma mère en écartant doucement une mèche de mes cheveux qui me tombait dans les yeux.

— Oui.

J'ai essayé de ne pas lui montrer mon chagrin. Ce qui n'était pas facile du tout, croyez-moi.

— Mais c'est Sophie qui l'a eu, et ça, c'est bien, parce qu'elle le méritait. Elle était vraiment bonne à l'audition. En plus, elle ressemble à une princesse.

— Toi aussi, a dit ma mère en me caressant la joue.

Là, j'ai eu envie de me remettre à pleurer, mais je me suis retenue de toutes mes forces. Pour m'aider, j'ai imaginé que j'étais une actrice au théâtre et que je faisais semblant de ne pas être triste.

— Je crois que Mme Hunter ne me voit pas comme une princesse, ai-je expliqué. Parce qu'elle m'a donné le rôle de la méchante marâtre qui essaie de tuer la princesse pendant toute la pièce. Et à la fin, elle meurt à cause de son propre rayon de pollution maléfique.

Ma mère a eu une drôle d'expression, un peu comme si elle avait envie de rire et qu'elle s'en empêchait. Personnellement, je ne voyais pas ce qu'il y avait de drôle.

— Oh, ma chérie, a-t-elle dit. Tu as eu une journée difficile, hein ?

— Un peu, oui...

— J'ai une idée, a-t-elle suggéré. J'allais partir faire une course au centre commercial. Tu veux venir avec moi ? Juste toutes les deux ?

En entendant ça, je me suis sentie un peu mieux.

— Sans les garçons ? ai-je demandé.

— Oui. Rien que toi et moi.

Je n'ai pas hésité une seule minute. J'ai vite sauté du tabouret et j'ai couru chercher mon manteau, pendant que ma mère attrapait son sac et ses clés de voiture. J'étais déjà dans le garage quand Oncle Jay m'a encore crié :

— N'oublie pas ce qu'a dit Stanislavsky. Il n'y a pas de petits rôles ! Il n'y a que de petits acteurs !

— Qu'est-ce que ça veut dire ? ai-je demandé à ma mère avant d'ouvrir ma portière.

— Eh bien... À mon avis, que tu devrais être contente du rôle que Mme Hunter t'a donné. Sinon, elle te prendra pour une ingrate.

Ah. Donc, *il n'y a pas de petits rôles, il n'y a que de petits acteurs*, c'était une règle.

— Je suis contente de jouer dans la pièce, ai-je expliqué en attachant ma ceinture. C'est juste que j'aurais bien aimé avoir le rôle de Sophie. Ou même celui de Cheyenne. Elle joue une reine-fée.

— Je comprends, ma chérie, a répondu ma mère qui faisait marche arrière pour sortir la voiture du garage. On n'a pas toujours ce qu'on veut dans la vie. Mais on n'y peut rien, c'est comme ça. Alors il vaut mieux essayer de voir le bon côté des choses. Il y a sûrement un intérêt dans le rôle de la marâtre.

J'avais beau chercher, je ne trouvais pas. Et c'est ce que j'ai répondu à ma mère.

— Cherche encore, a-t-elle insisté. C'est quel genre de personnage ?

— Euh..., c'est une reine.

Ma mère m'a fait un grand sourire dans le rétroviseur.

— Ah, voilà ! Une reine ! ça, c'est formidable ! Justement, tu adores les reines. On va te fabriquer un costume magnifique ! Avec une énorme couronne.

— Il me faudrait peut-être une cape, aussi, ai-je dit en regardant par la fenêtre. Les reines ont toujours des capes.

— Bien sûr, on t'en fera une. Et si tu portais la cape de papa ? Tu sais, celle de son costume de Dracula pour Halloween, il y a trois ans ? On pourrait la raccourcir à ta taille.

La cape de Dracula de mon père ? Ah oui, pourquoi pas ? Je me suis souvenue qu'elle avait un col pointu qui tenait tout droit derrière la tête. C'est vrai, ça irait bien pour une reine.

— D'accord, ai-je dit. Et aussi je pourrais mettre la robe que tu as achetée l'an dernier pour la soirée déguisée au bord de la piscine, chez les Hauser.

Là, ma mère a eu l'air étonné en me regardant dans le rétroviseur.

— Mon peignoir de bain ? Le noir en éponge ?
— Oui.

Je pensais au peignoir de ma mère parce que je le trouvais très doux, et que même si le tissu était en éponge, on aurait dit du velours. En plus, il faisait comme une robe longue sur moi. Je l'avais déjà essayé, un soir où mes parents étaient sortis et où j'avais invité Caroline, Erica et Sophie. On était allées dans leur chambre et on avait mis tous les vêtements de ma mère pour jouer au défilé de mode.

— Tu crois ? a demandé ma mère, qui semblait hésiter. Oh, après tout. Tu as raison, ce serait peut-être pas mal.

Le temps d'arriver au centre commercial, on avait déjà tout prévu pour mon costume de méchante reine. Sans avoir besoin d'acheter quoi que ce soit, notez bien, vu qu'on avait ce qu'il fallait à la maison. Mais on est quand même allées dans le grand magasin où ma mère avait sa course à faire, et là, elle s'est dirigée droit vers le rayon du maquillage.

— Bonjour, a dit une jolie vendeuse. Je peux vous aider ? Aujourd'hui, nous avons une promo sur tous les...

— Non, merci, a interrompu ma mère. (Pourtant, elle nous a appris que *c'était mal poli d'interrompre les gens*. C'est une règle.) Je voudrais juste... je cherche quelque chose pour faire ressortir mes yeux.

— Oui, bien sûr, a répondu la vendeuse. Je vais vous montrer la nouvelle gamme que nous venons de recevoir. Vous allez adorer ! Ce sont des produits hypoallergéniques, très résistants à l'eau... donc qui ne coulent pas... mais ils s'enlèvent aussi très facilement.

Pendant que ma mère s'asseyait sur un petit tabouret devant la vendeuse, je me suis approchée d'un étalage de bandeaux qui se trouvait un peu plus loin.

— Ne t'éloigne pas trop, Allie, a dit ma mère.

— D'accord. Mais est-ce que je peux juste aller au magasin d'animaux ? Je voudrais voir s'il y a des colliers avec des fermoirs de sécurité pour Micha.

Étant donné que la vendeuse avait déjà commencé à la maquiller, ma mère a répondu sans bouger la tête :

— Non. On ira ensemble après. Je n'en ai pas pour longtemps.

En attendant que ma mère ait terminé, je suis allée voir une vitrine remplie de beaux bijoux tout brillants, et j'ai joué à faire semblant d'être une reine (pas une méchante, bien sûr) qui pourrait s'acheter tout ce qu'elle voudrait. J'hésitais entre une jolie montre avec le soleil, la lune et des étoiles sur le cadran, et un pendentif en diamant en forme de caniche quand j'ai entendu une voix que je connaissais bien s'exclamer :

— Mais maman ! Je les *veux* !

Je me suis figée sur place en retenant mon souffle. Oui, c'était bien elle ! À quelques mètres de moi, Cheyenne O'Malley, la reine-fée en personne, faisait elle aussi des courses avec *sa* mère.

Règle n° 9

*Les meilleures amies viennent au secours
les unes des autres quand leur méchante
grande sœur les attrape*

Cheyenne et sa mère étaient penchées au-dessus
d'une vitrine de bijoux semblable à celle que je
regardais.

Sauf que Cheyenne ne m'avait pas vue. Elle
fixait quelque chose avec attention – et je n'ai pas
tardé à comprendre qu'il s'agissait de boucles
d'oreilles. Je me suis vite accroupie derrière ma
vitrine à moi parce que je n'avais vraiment pas
envie de lui parler. Déjà que je n'aime pas lui
parler quand on est à l'école, c'est normal que je
préfère l'éviter quand on n'est *pas* à l'école, non ?

— Elles coûtent cent dollars, Cheyenne ! a dit Mme O'Malley. C'est trop cher.

— Je m'en fiche, a rétorqué Cheyenne d'une voix hyper désagréable. (Si, moi, je m'adressais à ma mère avec cette voix-là, elle m'enverrait aussitôt dans ma chambre. Et elle me priverait de dessert, en plus.) Je les adore ! a repris Cheyenne. Elles iront super bien avec mon haut violet.

— Mais tu as déjà des boucles d'oreilles presque identiques.

— Je les ai perdues. Tu ne te souviens pas ?

— Oh, Cheyenne, a soupiré Mme O'Malley. Quand sauras-tu prendre un peu plus soin de tes affaires ?

Cheyenne a fait une grimace que j'ai aussitôt reconnue. C'est celle qui voulait dire : « Attention, je vais me mettre à pleurer. » Je me suis demandé si, à ce moment-là, elle pensait au concert des Jonas Brothers qu'elle avait raté parce que sa mère n'avait pas pu avoir de billets.

— Ma-man ! a hurlé Cheyenne.

Je ne mens pas. Elle a vraiment hurlé, au point que les gens tout autour se sont retournés. Comme j'avais peur de ce qu'ils penseraient en me voyant accroupie, j'ai fait semblant d'examiner une paire de boucles d'oreilles en forme de violons, même si je n'ai pas les oreilles percées. Et que je ne joue pas de violon.

La mère de Cheyenne a alors chuchoté quelque chose qui m'a échappé, mais la réponse de Cheyenne, elle, je peux vous assurer que je l'ai entendue, ainsi que tout le monde dans le magasin.

— La ferme ! a crié Cheyenne. À cause de toi, je n'ai même pas eu le rôle de la princesse Pénélope ! Alors, tu as *intérêt* à me les acheter !

Je n'en croyais pas mes oreilles. Cheyenne disait « la ferme » à sa mère et la menaçait pour qu'elle lui achète des boucles d'oreilles. Moi, si j'avais dit « la ferme » à *ma* mère – ou si seulement j'avais crié comme ça, je pouvais déjà être sûre d'une chose : je n'aurais pas ce que je voulais. Ce ne serait même pas la peine d'y compter.

— Cheyenne, a murmuré Mme O'Malley. Je t'en prie...

Mais elle a fait un signe à la vendeuse, qui s'est approchée aussitôt. Et elle a montré les boucles d'oreilles.

— Pourrions-nous regarder celles-ci, s'il vous plaît ?

— On les prend, a annoncé Cheyenne alors que la vendeuse n'avait pas même encore sorti les boucles d'oreilles de la vitrine.

— Oh, Cheyenne, a répété Mme O'Malley. Mais elle riait, et ce qu'on entendait dans sa voix, c'était : « N'est-ce pas qu'elle est adorable ? » Alors que moi, si je m'étais comportée comme ça avec ma mère, voilà ce qu'on aurait entendu : « Je te conseille de changer de ton, immédiatement, sinon tu vas voir ! »

— Voici, a dit la vendeuse en posant les boucles d'oreilles sur le présentoir. Ce sont de vraies améthystes.

Quoi ? Dites-moi que je rêve ! Cheyenne allait avoir de vraies améthystes qui coûtaient cent dollars alors que ce n'était même pas son anniversaire, ni Noël ? Juste parce qu'elle avait failli pleurer quand sa mère avait refusé ?

Encore une fois, si moi, j'avais fait une chose pareille, ma mère m'aurait ordonné d'aller l'attendre dans la voiture. Non. Parce que c'est interdit de laisser des enfants seuls dans une voiture. On risque d'être arrêté par les services de Protection de l'Enfance. Mais elle m'aurait privée de télé pour au moins une semaine.

Ça alors ! Les règles qu'on appliquait chez Cheyenne n'étaient pas du tout les mêmes que chez moi. D'après ce que je venais de voir, chez Cheyenne, c'était : « Si tu es désagréable, tu obtiens ce que tu veux. »

Tandis que chez moi, c'est : « Si tu es désagréable, tu montes dans ta chambre, tu es privée de télé, parfois aussi de dessert, et peut-être même de Nintendo DS pendant une semaine. »

— Alors ? a demandé Mme O'Malley. Comment tu les trouves ?

Cheyenne a répondu du bout des lèvres :

— Pas mal... Mais je préférerais avoir le rôle de la princesse Pénélope.

— Tu sais bien que ce n'est pas possible, a répondu Mme O'Malley en tendant sa carte de crédit à la vendeuse.

— Parce que Mme Hunter n'est qu'une sale...

— Cheyenne ! a interrompu Mme O'Malley en parlant enfin avec une grosse voix. Rappelle-toi ce qu'a expliqué Mme Jenkins. Tu ne peux pas toujours avoir le rôle principal.

— Même si je suis la meilleure ?

— Oui, même si tu es la meilleure. Il faut laisser la place aux autres petites filles, de temps en temps.

Le rouge m'est monté aux joues. Cheyenne ? La meilleure ? N'importe quoi ! Comment Mme O'Malley pouvait-elle lui dire ça ? Même si c'était *sa mère*.

— Allez, viens, on va manger une glace, a-t-elle repris en emportant le petit sac que lui tendait la vendeuse. Ça te fait plaisir, ma chérie ?

— Mais pas un Esquimau ! a répondu Cheyenne d'un air bougon. Je veux une glace à trois boules avec de la crème chantilly.

— Très bien, a soupiré Mme O'Malley.

Là, vraiment, je n'en croyais pas mes oreilles ! *En plus* des vraies améthystes qui coûtaient cent dollars, Cheyenne allait avoir une glace à trois boules avec de la crème chantilly ? Quand je pense que ma mère ne veut même pas que je me fasse percer les oreilles avant d'avoir treize ans. Sans parler de m'acheter une glace avant le dîner.

— Voilà, j'ai fini.

Justement, c'était ma mère qui arrivait derrière moi, et elle m'a fait une telle peur que je me suis relevée brusquement. Je me suis cognée contre la vitrine de bijoux en manquant de la renverser.

— Ça va ? a demandé ma mère. Qu'est-ce que tu fais par terre ?

— Euh, rien... Je regardais des boucles d'oreilles.

Ma mère a paru déroutée par ma réponse.

— Des boucles d'oreilles ? Mais pourquoi ? Tu n'as pas les oreilles percées.

— Oh, je voulais seulement...

Entretemps, Cheyenne et sa mère avaient tourné le dos et s'apprêtaient à sortir du magasin. Ouf !

— Non, rien, ai-je dit pour clore la conversation. On peut aller voir les colliers maintenant ?

— Oui, bien sûr.

On a acheté un collier pour Micha avec un fermoir de sécurité, comme ça, s'il grimpe à un arbre et que son collier se prend dans une branche (pour l'instant, je ne le laisse pas sortir, mais un jour, je le ferai peut-être), le fermoir s'ouvre automatiquement et Micha ne risque pas de s'étrangler. Il paraît que c'est une cause de mort fréquente chez les chats, en tout cas d'après Sophie, qui nous raconte toujours des histoires horribles sur toutes les manières possibles de mourir. Pour faire plaisir à Kevin, j'ai choisi un collier à motifs pirate avec des têtes de mort. Je me suis dit aussi que Micha, puisque c'est un chat mâle, préférerait ça à son collier actuel qui est rose à paillettes.

Le samedi, on s'est retrouvées chez Erica – Rosemary, Caroline, Sophie, Erica et moi – pour répéter nos rôles. Erica avait mis des ailes de fée (c'était un ancien costume d'ange de Missy), moi, je portais la cape de Dracula de mon père que ma mère avait ressortie d'une malle (même si elle n'avait pas encore eu le temps de la raccourcir). Rosemary, elle, avait emprunté une épée à l'un de ses frères, Sophie avait déniché une couronne quelque part, et Caroline s'était collé un carton de papier toilette sur le front pour se déguiser en licorne.

Si vous voulez mon avis, on a toutes bien joué. On se prenait même tellement au jeu que Missy est venue trois fois dans la chambre d'Erica pour nous demander de parler moins fort, mais chaque fois on lui a répondu (très poliment) qu'on travaillait pour l'école, et qu'on était *obligées* de parler fort. La troisième fois, Missy est entrée en criant :

— Ça suffit maintenant ! (Elle a postillonné un peu en disant « ça suffit », à cause de son appareil.) Je suis au téléphone avec Stacy, et elle est super mal parce que son copain vient de rompre avec elle par texto ! Alors, vous arrêtez !

Comme de toute façon on en avait assez de répéter, on a décidé d'espionner Missy à la place. Au début, Erica ne voulait pas. Elle avait peur que sa sœur soit folle de rage si elle nous surprenait. On a toutes juré que ça n'arriverait pas, parce qu'on serait très, très discrètes.

Quand Erica a fini par accepter, on est vite sorties dans le couloir et on s'est approchées tout près de la porte de Missy. On entendait sa voix qui demandait : « Ah bon ? Et là, qu'est-ce qu'il a dit ? Et toi, qu'est-ce que tu as dit ? Et qu'est-ce qu'il a dit ? Et qu'est-ce que tu as dit ? » Au début, c'était rigolo, mais au bout d'un moment, on a trouvé que ça devenait un peu lassant.

C'est là que Rosemary a suggéré qu'on passe un trombone par le trou de la serrure. Juste pour voir si Missy s'en apercevrait quand il tomberait de l'autre côté.

On a réussi à glisser le trombone, sans faire de bruit... et Missy n'a rien remarqué du tout ! Sans doute parce qu'elle était trop occupée à parler avec Stacy de son copain qui avait rompu.

Du coup, on a insisté pour qu'Erica aille chercher d'autres trombones et on les a mis à tour de rôle dans la serrure de Missy. *Clic ! Clic !* On les entendait tomber par terre sur le parquet de la chambre. Ensuite, quand on s'est allongées par terre pour regarder sous la porte, on a vu que ça commençait à faire un petit tas !

Mais Missy ne se rendait toujours compte de rien parce qu'elle continuait à parler à Stacy. Elle répétait : « Il n'est pas assez bien pour toi, voilà. Tu veux que je te dise ? Tu veux que je te dise ? Tu vaux bien mieux que lui. Si c'est le genre de fille qu'il aime, il n'a qu'à sortir avec elle. Tant pis pour lui ! Ils ne méritent pas que tu pleures à cause d'eux. Ni l'un ni l'autre ! »

Clic ! Clic !

On avait un mal fou à ne pas rire. Sophie était même obligée de plaquer ses deux mains sur sa bouche pour se retenir. Je dois avouer que je l'aimais un peu moins qu'avant, depuis qu'elle avait eu le rôle de la princesse Pénélope et pas moi. Même si je ne voulais pas être jalouse, parce que c'était ma meilleure amie...

... je ne pouvais tout simplement pas m'en

empêcher. Et chaque fois que je pensais à ma robe dorée à fleurs que je ne porterais pas sur scène, c'était pire.

Mais là, pendant qu'on continuait à mettre des trombones dans la serrure et que Missy ne remarquait *toujours* rien, j'ai trouvé Sophie tellement drôle avec ses mains sur sa bouche et ses yeux qui riaient que j'ai eu envie de redevenir un peu son amie.

Rosemary était en train d'enfoncer un autre trombone dans la serrure et, nous, on la regardait en retenant notre souffle, quand tout à coup une voix a lancé derrière nous :

— *Qu'est-ce que vous faites, les filles ?*

On a fait un bond de trois mètres et on s'est retournées. C'était John, le grand frère d'Erica. Ouf ! Heureusement que ce n'était pas Mme Harrington.

— Chut, a soufflé Erica. On glisse des trombones par la serrure de Missy. Tais-toi...

John a fait une grimace.

— Des trombones ? Et vous trouvez ça drôle ?

— Oui, pourquoi ? a rétorqué Rosemary. Tu as une autre idée, toi ?

— Attendez...

John a monté l'escalier qui mène à sa chambre dans le grenier (parce que chez les Harrington, le grenier est aménagé). Une minute plus tard, il est revenu avec une bombe qui lance des fils de couleur tout gluants.

Erica était horrifiée.

— Mais elle va le voir !

— Et alors ? C'est le but, non ? a répliqué John. Reculez-vous, laissez faire le Maître.

On s'est toutes écartées pendant que John s'agenouillait devant la porte de sa sœur. Il a approché la bombe de la serrure et a appuyé. On a entendu un « chhhh » au moment où le fil gluant s'échappait de la bombe. Puis un hurlement dans la chambre de Missy.

— Vite, fuyons ! a dit John en se relevant.

On est parties en courant et en criant, juste au moment où Missy ouvrait sa porte. Elle était furieuse.

— Ah, c'est malin ! Espèces de... *saletés* ! ça vous amuse de mettre le bazar dans ma chambre, hein ?

C'est difficile de courir quand on rit fort et qu'on ne voit plus rien parce qu'on a des larmes plein les yeux. Je me suis accrochée au t-shirt de Rosemary en espérant qu'elle pourrait me remorquer.

— Venez ici tout de suite ! a crié Missy d'une voix qui se rapprochait dangereusement.

En réalité, je ne savais pas si elle était tout près ou non, parce que j'étais complètement aveuglée

par mes larmes de rire. Mais je l'entendais derrière moi :

— Je ne plaisante pas ! Vous allez me ranger
tout ça !

— Elle est là ! a hurlé Rosemary, hystérique.
Vite ! Courez !

Je courais comme les autres, bien sûr, en tenant
toujours Rosemary par son t-shirt. On était presque arrivées en sécurité dans la chambre d'Erica
quand, tout à coup, quelqu'un a marché sur la
cape de mon père. Ça m'a arrêtée net. Je suis
partie en arrière et le ruban autour de mon cou
m'a serrée à la gorge.

À ce moment-là, ce ne sont plus des larmes de
rire que j'ai eues dans les yeux, mais de vraies
larmes. Parce que je peux vous dire que ça m'a
fait super mal !

Sans compter que je me retrouvais allongée sur
le dos, par terre, avec une forme qui se penchait
sur moi. C'était sûrement Missy. C'était elle qui
avait dû marcher sur ma cape ! J'étais coincée !
Attrapée par Missy !

— Sale petite fouineuse ! a-t-elle marmonné.
C'est quoi, tous ces trombones dans ma chambre ? Tu vas venir nettoyer, et plus vite que ça !

J'ai entendu une voix très lointaine qui criait :

— Allie ! Il faut délivrer Allie !

C'était Sophie. Et juste après, John a lancé :

— L'un d'entre nous a été fait prisonnier ! On ne peut pas le laisser aux mains de l'ennemi !

Tout ce que j'ai vu, c'est qu'il y a eu ensuite une bataille de trombones et de fils gluants qui volaient dans tous les sens. Et que les fils gluants se collaient au t-shirt de Missy.

— John ! a hurlé Missy. Je vais te tuer ! C'est un t-shirt tout neuf, je viens de me l'acheter !

— Vite, Allie, a dit Sophie en me tendant une main. On est là pour te délivrer !

J'ai agrippé sa main et elle m'a relevée. Pendant ce temps, Erica, Caroline et Rosemary empê-chaient Missy de nous attraper en formant un rempart. Tout le monde criait. La corne de Caro-line avait glissé sur le côté, mais elle n'avait pas l'air de s'en apercevoir. John continuait à bom-barder Missy de fils gluants.

— Arrière, arrière ! répétait-il. Arrière, démon !

— Tu es malade ou quoi ? a hurlé Missy en se jetant sur son frère pour l'immobiliser.

— Arrêtez..., a dit Erica, inquiète. Arrêtez de vous battre, maintenant.

— Jamais ! a répondu John. (Vu que Missy le tenait serré dans ses bras, il tirait les fils gluants en l'air.) On ne se rendra pas ! Jamais !

— Qu'est-ce qui se passe là-haut ? a demandé Mme Harrington du bas de l'escalier.

Là, on s'est tous figés. La seule chose qui bougeait, c'était un fil poisseux accroché au t-shirt de Missy qui est tombé sur la tête de John.

— Rien, on a tous répondu en même temps.

— Erica, a repris Mme Harrington. Tes amies doivent rentrer maintenant, c'est l'heure. Le dîner est presque prêt. John, viens mettre la table.

— Oui, madame Harrington, a dit Rosemary d'une voix très gentille. J'appelle tout de suite mes parents pour qu'ils viennent me chercher.

Dès que Mme Harrington s'est éloignée, Missy a arraché la bombe de fil gluant à John.

— Ha ! a-t-elle ricané. Tu as perdu ! Va mettre la table !

— Une bataille perdue, dix de gagnées, a-t-il rétorqué dignement en enlevant le fil gluant de ses cheveux.

Puis, voyant que j'avais été libérée, il a levé ses doigts en *V*, en signe de victoire, et a déclaré avant de descendre l'escalier :

— La prochaine fois, on l'aura !

Missy nous a regardées, a levé les yeux au ciel, et est rentrée dans sa chambre.

— Saletés, a-t-elle lancé en claquant la porte.

Avec sa corne à moitié décollée, Caroline se remettait lentement de son émotion.

— C'était bien…, a-t-elle murmuré. J'aimerais bien avoir un grand frère.

— Tu parles, a répliqué Erica d'un air lugubre. D'habitude, c'est moi qu'il bombarde de fil gluant.

Je me suis tournée vers Sophie. Je regrettais maintenant de l'avoir un peu détestée à cause de l'histoire de la princesse Pénélope. Parce que c'était quand même une vraie amie. Elle m'avait délivrée de Missy.

Et puis, ce n'était pas sa faute si elle avait eu le rôle et pas moi. Le meilleur (ou la meilleure) avait gagné, voilà tout.

— Merci de m'avoir délivrée, ai-je dit à Sophie.

— De rien ! a-t-elle répondu en riant. C'est normal.

Sauf que non, c'était plus que normal. Elle m'avait arrachée aux griffes de Missy. Alors que moi, je n'avais eu que de mauvaises pensées. Je m'étais par exemple imaginé qu'elle tomberait dans l'escalier et se casserait la jambe ; comme ça je pourrais la remplacer à la dernière minute et jouer la princesse Pénélope.

Mais je ne le pensais plus, maintenant. Parce que les meilleures amies ne se souhaitent pas ce genre de choses. *Les meilleures amies viennent au secours les unes des autres quand leur méchante grande sœur les attrape.*

C'est une règle.

Règle n° 10

*On ne peut pas changer le mauvais comportement
de quelqu'un en bon comportement,
sauf si on essaie*

Lundi, à l'heure des arts plastiques, Mme Hunter a demandé à tout le monde de sortir son texte pour faire « une lecture d'ensemble », comme elle a appelé ça. On devait lire tout haut *La Princesse Pénélope au Royaume du recyclage,* comme si on était au théâtre, mais en restant assis à nos places. Sans bouger, c'est-à-dire sans « jeu de scène », a expliqué Mme Hunter.

Je ne voudrais pas me vanter, mais j'ai trouvé que Rosemary, Erica, Caroline, Sophie et moi, on était les meilleures en lecture à voix haute.

D'accord, peut-être pas Caroline, parce qu'elle n'avait rien à dire, seulement à pousser des hennissements. Mais elle était bonne quand même. Et je n'ai pas pu m'empêcher de penser que notre entraînement du week-end nous avait drôlement aidées.

Il y avait pourtant des élèves – on l'a vu pendant la semaine, quand on est passé des lectures d'ensemble à de vraies répétitions dans le gymnase – qui semblaient ne pas prendre du tout leur rôle au sérieux. Évidemment, vous allez penser que je fais allusion aux garçons, comme Patrick Day et Stuart Maxwell, mais non. En fait, je parle de Cheyenne. La seule explication que je pouvais donner, c'est qu'elle ne s'était toujours pas remise de ne pas avoir eu le rôle de la princesse. Du coup, elle lisait mal les répliques de la reine-fée-des-ampoules-fluorescentes, exprès, d'une voix qui semblait dire : « D'accord, je suis là et je lis mes répliques, mais je ne vais pas les *jouer* parce que ce rôle ne m'intéresse pas. »

Marianne et Dominique jouaient à peu près de la même manière (sauf qu'elles étaient vraiment mauvaises actrices).

En revanche, moi, j'ai vraiment essayé de faire de mon mieux à chaque répétition – pourtant, je ne comprenais toujours pas ce que mon oncle Jay entendait par « motivation » de la marâtre. Franchement, je n'en avais aucune idée. *Pourquoi* la reine était-elle si méchante ? Oncle Jay avait dit que personne ne naissait méchant. Alors, pourquoi elle ? Et aussi, pourquoi *cette reine-là* détestait-elle autant le recyclage ? Qu'est-ce qui avait bien pu lui arriver qui la rende si méchante ?

Mais grâce à ce qui s'était passé chez Erica, je lui avais trouvé un nom : la Maléfique Reine Mélissa ! (Missy, c'est le diminutif de Mélissa.)

Et petit à petit, en lisant mon texte tout haut (Oncle Jay avait raison : la Maléfique Reine Mélissa avait beaucoup de répliques, au point que je me demandais si j'arriverais à toutes les apprendre par cœur pour la fin de la semaine prochaine), je me suis rendu compte que j'imitais la sœur d'Erica, Missy. Juste un peu. Et j'ai vite remarqué que ça faisait rire Rosemary, Sophie et Caroline. Elles riaient même beaucoup, et Erica aussi pouffait de temps en temps.

Bientôt, d'autres élèves se sont mis à rire... mais eux, ils ne savaient pas qui j'imitais. Même Mme Hunter riait. Sauf qu'elle, on voyait qu'elle se retenait et les coins de sa bouche tremblaient quand elle a déclaré : « Très bien, Allie. »

J'ai découvert que c'était très agréable de faire rire les gens, surtout quand ils n'arrivent pas à se retenir et qu'ils rient malgré eux. Je ne peux pas l'affirmer avec certitude – parce que Sophie est

147

la seule qui pourrait le dire – mais je me demande si ce n'est pas *plus agréable* que de jouer une princesse.

En tout cas, j'ai commencé à penser que cette histoire de méchante reine n'était finalement pas si terrible. Et qu'au lieu d'être en colère parce que je ne jouais pas la belle princesse, je devrais me réjouir d'avoir un rôle qui pouvait faire rire les gens.

Sauf que... la méchante reine n'était pas censée *faire rire* ! Vous comprenez mon problème ? J'étais incapable de décider. Tout s'embrouillait dans ma tête, surtout le coup de la « motivation » dont avait parlé Oncle Jay. Ça, ce n'était vraiment pas clair. Il *fallait* que je trouve ce qui était arrivé à la Maléfique Reine Mélissa pour la rendre si méchante ! Pourquoi elle buvait autant de jus de fruits et jetait les canettes avec les ordures ménagères, au lieu de les mettre dans la poubelle du recyclage. Pourquoi elle conduisait une grosse voiture qui consommait plein d'essence, même pour parcourir de toutes petites distances, alors qu'elle aurait pu marcher. Et pourquoi, dès le début, elle avait acheté un rayon de pollution pour tuer la princesse Pénélope.

Voilà ce que je devais savoir pour saisir parfaitement la psychologie de mon personnage, comme disait Oncle Jay. Mais bon, j'avais encore le temps d'y réfléchir avant le spectacle.

À la fin de la semaine, au moment où on sortait en récré, j'ai entendu Cheyenne dire à Elizabeth Pukowski, qui joue une elfe-des-transports-publics :

— Mme Hunter peut m'obliger à jouer la reine-fée, mais elle ne peut pas m'obliger à jouer *bien*.

Vite, j'ai envoyé un coup de coude à Sophie. Elle a réagi en se tenant les côtes et en grimaçant de douleur, comme si je lui avais fait mal (tu parles !). J'ai pointé discrètement mon doigt sur les filles qui parlaient devant nous pour lui signaler qu'on devait les écouter.

— Pourquoi tu dis ça ? a demandé Elizabeth en jetant un regard interrogateur à Shamira, qui joue aussi une elfe-des-transports-publics.

— Parce que je vais jouer la reine-fée, d'accord, a répliqué Cheyenne en retroussant le nez avec dédain, mais je n'y mettrai aucune *émotion*. Pourquoi est-ce que je m'embêterais ? C'est juste une pièce de théâtre pour enfants, et en plus, je la trouve bête. Je préfère garder mon *potentiel dramatique* pour ma prochaine audition, quand j'en passerai une, et ne pas gâcher mon énergie en attendant. De toute façon, il n'y a que les parents qui assisteront au spectacle !

Elizabeth et Shamira ont échangé un coup d'œil perplexe.

— Mais je n'ai pas envie de mal jouer devant mes parents, a dit Shamira.

— Justement, a rétorqué Cheyenne. Moi, mes parents savent de quoi je suis capable. Ils m'ont vue interpréter Helen Keller, quand même ! Et donc, avec le talent que j'ai, je ne peux pas m'abaisser à jouer un rôle minable. M et D sont d'accord avec moi.

Marianne et Dominique, qui suivaient Cheyenne mais se trouvaient devant Sophie et moi, ont acquiescé toutes les deux. À ce moment-là, Sophie a été prise d'une telle colère qu'elle n'a pas pu s'empêcher d'intervenir dans la conversation :

— Ça veut dire quoi ? a-t-elle lancé. Que tu ne vas même pas essayer d'être bonne dans la pièce ?

— Exactement, a répondu Cheyenne en haussant les épaules. (Elle ne paraissait même pas gênée, ni rien.)

Sophie était complètement abasourdie.

— Mais... Tu *dois* essayer.

— Non. Je ne suis pas obligée.

On aurait dit qu'un voile s'abattait sur les yeux de Sophie. L'espace d'un instant, j'ai cru que sa tête allait sauter en l'air, comme dans les dessins animés. Et elle a hurlé :

— Si, Cheyenne, tu es obligée ! Parce que c'est une pièce de théâtre, et que moi, je suis le personnage principal, alors tu fais ce que je dis ! Tout le monde doit faire de son mieux !

Ouille ! Là, je me suis demandé si Sophie ne se montait pas un peu trop la tête avec son rôle de star. Je l'ai prise gentiment par l'épaule, pour la calmer, et j'ai dit à Cheyenne qui se contentait de ricaner :

— Ce n'est vraiment pas sympa de ta part, Cheyenne. Juste parce que tu n'aimes pas le rôle qu'on t'a donné. Mais tu sais, il n'y a pas de petits rôles. Il n'y a que de petits acteurs.

Cheyenne a arrêté de ricaner et m'a regardée en ouvrant grand les yeux.

— Qu'est-ce que ça veut dire, ça ?

— Cherche ! ai-je répliqué en entraînant Sophie par le bras.

Quand on a rejoint Caroline et Erica dans notre endroit secret où on joue aux reines, Sophie était dans tous ses états.

— Cheyenne est trop horrible ! s'est-elle lamentée. Je croyais que ça s'arrangerait avec les répétitions, mais maintenant, c'est fichu. Le spectacle va être nul !

J'ai expliqué aux autres ce qui s'était passé, et c'est Caroline qui a réagi la première.

— Pas du tout, a-t-elle déclaré calmement. Cheyenne et ses amies seront nulles. Mais *nous*, on sera bonnes.

— Ça ne suffira pas pour rattraper la pièce, a soupiré Sophie en se laissant tomber par terre de découragement. Qu'est-ce qu'on va faire ?

— Peut-être qu'on devrait en parler à Mme Hunter, a suggéré Erica, inquiète.

Le visage de Sophie s'est aussitôt éclairé.

— Oui, c'est ça ! On va lui dire ! C'est une excellente idée !

J'ai regardé Sophie du coin de l'œil. Mes doutes se confirmaient : cette histoire de princesse Pénélope lui montait vraiment à la tête.

— Ça ne servira à rien, a objecté Caroline. Au contraire, Cheyenne et les autres seront encore plus furieuses. Sincèrement, je ne crois pas qu'on puisse faire grand-chose. On ne peut pas changer le mauvais comportement de quelqu'un en bon comportement. C'est impossible.

Ce qui m'avait tout à fait l'air d'être une règle. Sauf que dans le cas présent, c'était une règle qu'il fallait supprimer. Seul problème : comment s'y prendre ? Personnellement, je n'avais aucune réponse.

Pour être honnête, j'avoue que mon vrai problème n'était pas tant que Cheyenne et ses amies
aient décidé de mal jouer. Ni que Sophie perdait
un peu la tête à cause de son rôle de princesse.
Ce qui continuait à me tracasser, c'est que je
n'avais toujours pas trouvé la motivation de mon
personnage. Qu'était-il arrivé à la Maléfique
Reine Mélissa dans sa vie, et pourquoi avait-
elle choisi d'être comme elle était – c'est-à-dire,
méchante ?

Tout le monde sait que, *pour se faire des amis,*
il faut traiter les autres comme on voudrait qu'ils
vous traitent. Ça, c'est la première de toutes les
règles ! Bon, d'accord. D'après mon expérience,
il n'y a pas tellement de gens qui suivent cette
règle. Mais on est *censé* la suivre. Alors, comment
expliquer que quelqu'un décide exprès d'être
méchant plutôt que gentil ?

Il n'y avait qu'une seule personne qui pouvait
m'aider à débrouiller mes problèmes de théâtre.
Et heureusement, il venait à la maison ce soir,
parce que ma mère passait à *Bonnes Nouvelles !*
pour la deuxième fois.

Oncle Jay et Harmony avaient apporté des
pizzas de chez Pizza Express et on a mangé tous
ensemble devant la télé. Nous, les enfants, on a
eu droit en plus à des glaces pour le dessert, vu
que c'était une soirée pas comme les autres (on

avait promis de manger très proprement, sauf que Mark, bien sûr, a tout de suite taché son t-shirt en essayant d'enfourner une énorme cuillerée de banana split).

— Ce soir, dans *Bonnes Nouvelles !*, a annoncé Lynn Martinez, notre invitée spéciale, Elizabeth Punchie, va nous parler du nouveau film qui vient de sortir, *Interlude avec Raspoutine*.

Puis le visage de ma mère a rempli l'écran.

Sauf que... elle n'avait pas du tout la même tête que la semaine dernière. Au début, je n'arrivais pas à m'expliquer ce qui avait changé. Mais après, j'ai compris.

— Qu'est-ce que tu as fait à tes yeux, maman ?

— Pourquoi ? a répondu ma mère. Ça te plaît ?

— Oui. Ils sont vraiment bien. Enfin, ils étaient déjà bien avant, mais là...

— Ils ont l'air immense, a dit Mark.

— On dirait qu'il y a des araignées autour, a ajouté Kevin.

Oncle Jay s'est empressé de préciser :

— C'est très beau.

Ma mère s'est tournée vers mon père, qui l'a complimentée en souriant.

— Tu es superbe, Liz.

— J'ai acheté des faux cils, a expliqué ma mère. Parce que les miens sont blonds, et les

154

lumières des projecteurs les effaçaient complètement. Ça marche, non ?

Harmony a répondu sans hésiter :

— Complètement ! C'est Lynn Martinez qui vous a donné l'astuce ?

— Oui, a reconnu ma mère. C'est elle.

Ma mère n'avait pas du tout aimé *Interlude avec Raspoutine*. Au lieu de « l'émouvant triomphe de l'esprit humain », comme il était écrit sur l'affiche, elle a dit que c'était au contraire « l'émouvant triomphe d'une mauvaise réalisation ». Et pour finir, elle a conseillé à tout le monde de garder son argent pour aller voir le nouveau film de Taylor Swift qui sortait la semaine prochaine.

Avec ça, j'allais sûrement devenir encore plus populaire auprès des filles de C.M.2 ! Peut-être qu'elles me nommeraient reine des C.M.1, ou quelque chose dans le genre.

Ma mère nous a montré, à Harmony et à moi, comment on se mettait des faux cils (facile : il suffit de les sortir de leur boîte et de les poser sur les vrais cils. Ils collent tout seuls). Ensuite, je suis retournée dans la cuisine pour charger le lave-vaisselle (parce que c'était mon tour), et c'est là qu'Oncle Jay m'a demandé comment se passaient les répétitions.

— Pas trop bien, ai-je soupiré.

Je lui ai raconté que je n'arrivais pas à m'expliquer pourquoi mon personnage était si méchant avec tout le monde, et que Cheyenne, M et D refusaient de bien jouer. J'ai ajouté aussi qu'à cause de ça, Sophie avait piqué une crise de nerfs.

— Je la comprends, cela dit. Cheyenne et ses copines se fichent complètement de la pièce et elles ne font aucun effort.

— Toi aussi, avant, tu t'en fichais, m'a rappelé Oncle Jay. Parce que tu étais déçue de ne pas avoir eu le rôle de la princesse. Qu'est-ce qui t'a fait changer d'avis ?

Oncle Jay avait raison. La pièce ne m'intéressait plus du tout, à ce moment-là. Maintenant, j'étais *toujours* triste, parce que je ne porterais pas ma robe dorée à fleurs, que je ne serais pas la star et que je ne viendrais pas à l'école en limousine (quoique ça pouvait encore arriver, si ma mère devenait une star, et moi, la fille d'une star). Mais je m'étais quand même remise de n'avoir pas eu le rôle. Et pourquoi ? Parce que Sophie m'avait délivrée de Missy et que je lui en étais reconnaissante. Mais ce n'était pas la seule raison. Je m'étais aussi aperçue que tout le monde riait quand je lisais mes répliques de la Maléfique Reine Mélissa. Et j'étais contente de faire rire. C'était très agréable – parce que dans ces moments-là, j'avais l'impression qu'on m'aimait bien.

Après avoir réfléchi à la question d'Oncle Jay

(à propos des autres filles qui refusaient de jouer leur rôle), j'ai eu une idée :

— On devrait peut-être leur dire qu'elles sont super bonnes comme fées-des-ampoules-fluorescentes ?

— Oui, par exemple, a répondu Oncle Jay. Peut-être ont-elles juste besoin de se sentir valorisées. Un petit compliment, parfois, ça change tout. C'est comme avec Micha. Tu ne le punis pas quand il a fait une bêtise.

— Ah non ! me suis-je exclamée, indignée. Je le récompense quand il fait quelque chose de bien !

— Exactement, a dit Oncle Jay. Alors, pourquoi n'essaies-tu pas cette méthode avec les fées ? Elles font sûrement aussi des choses bien, de temps en temps.

J'ai essayé de penser à quelque chose de *bien* – en tout cas, de pas trop mal – que Cheyenne et ses amies auraient pu faire, mais comme je ne trouvais pas, j'ai fini par proposer :

— Ou alors, on n'a qu'à mentir et les complimenter pour rien.

— Ça marcherait aussi, a déclaré Oncle Jay. Quant à la motivation de ta méchante reine, je ne crois pas que je puisse t'aider. S'approprier un personnage est une expérience très personnelle, et ton jeu serait faussé si je m'impliquais avec toi.

Continue à réfléchir, je suis sûr que l'inspiration te viendra.

Moi, je n'en étais pas si sûre, mais je n'avais pas franchement le choix. Et puis, j'étais à court de solutions pour Cheyenne, Dominique et Marianne. À part les complimenter en leur disant qu'elles étaient super bonnes comme fées, je ne voyais pas ce qu'on pouvait faire d'autre. C'est donc ce que j'ai annoncé le lendemain à Caroline, Sophie et Erica quand on s'est retrouvées au carrefour.

Sophie m'a regardée comme si j'étais devenue folle.

— Mais elles sont horribles ! Elles font *exprès* de mal jouer. Même qu'elles nous l'ont dit, tu ne te souviens pas ?

— Si. Mais peut-être que si on les félicite, elles auront envie de faire plus d'efforts. Si elles se sentent valorisées... Un petit compliment, parfois, ça change tout. De toute façon, elles ne pourront pas jouer *plus mal*.

— Ça, c'est vrai, a reconnu Caroline d'un air songeur.

Erica était affolée.

— Tu veux qu'on leur mente ?

Même si c'est pour faire plaisir à quelqu'un, Erica n'aime pas mentir. Je lui ai déjà expliqué que le mensonge était permis dans ce cas-là, mais

158

elle ne peut pas s'empêcher d'être mal à l'aise. J'ai même été tentée de lui montrer mon cahier de règles, pour qu'elle voie bien que *on a le droit de mentir si c'est pour faire plaisir à quelqu'un* figure dans la liste.

Sauf que la dernière fois que je l'ai fait lire à quelqu'un, ça ne s'est pas très bien passé. Alors, depuis, je préfère m'abstenir.

— C'est juste un tout petit mensonge, ai-je insisté. Pour la pièce.

— Moi, je crois qu'on devrait essayer, a déclaré Sophie. Pour la pièce.

Elle, évidemment, puisqu'elle avait le rôle principal, on se doutait bien qu'elle serait d'accord.

— On n'a rien à perdre, a repris Caroline. Surtout que, maintenant, Elizabeth et Shamira savent que Cheyenne et les deux autres font exprès de mal jouer. Du coup, elles vont peut-être suivre leur exemple.

Sophie a eu l'air effrayé.

— Oh non ! Tu crois qu'elles pourraient...

— Oui, a coupé Caroline sans hésitation. Ce serait encore plus horrible. Et peut-être qu'après, tout le monde fera exprès de mal jouer. Allie a raison. De toute façon, on n'a pas d'autre plan. Il faut *absolument* agir.

— Moi, je dis que vous devez mentir, a déclaré Kevin qui intervient toujours dans nos conversations, que je le veuille ou non, puisque je l'amène à l'école.

Sophie a conclu en soupirant :

— Kevin a raison. On va faire semblant de les trouver bonnes. Pour la pièce. D'accord ?

Et elle a levé la main pour qu'on tope. Vu que c'était mon idée, je n'ai pas hésité.

— D'accord.

— D'accord, a enchaîné Caroline.

— D'accord, a lancé Kevin en topant lui aussi.

Comme on se tournait tous vers Erica en attendant sa décision, elle a fini par céder :

— Bon, d'accord. Sauf que moi, ça me mettra vraiment mal de mentir !

Et elle a topé.

On n'a pas répété l'après-midi, parce qu'il fallait s'occuper des décors. Par exemple, on a fabriqué des arbres en carton (pour la forêt que traverse Pénélope avant d'arriver au Royaume du recyclage) ; les murs du Château du Plastique Maudit (où habite la Maléfique Reine Mélissa et où elle surveille tous les faits et gestes de la princesse Pénélope sur l'écran de son ordinateur) ; et encore une foule de choses, entre autres une grotte en papier mâché qui est la demeure de Lenny le dragon-en-papier-recyclé.

Tout le monde faisait quelque chose de différent – selon les goûts et les préférences de chacun.

Caroline, Joey Fields et Elizabeth Pukowski préparaient le papier mâché parce qu'ils aiment bien tremper des bandes de papier dans la colle et se salir les mains. Stuart, Sophie, Shamira, Lenny et moi, on était chargés de peindre, parce qu'on est plutôt bons en dessin et en coloriage. Patrick Day, Rosemary et Mme Hunter assemblaient les arbres en carton et les murs du château avec de la colle chaude qu'on tire au pistolet, parce que Patrick et Rosemary sont fans des armes et que Mme Hunter préférait les surveiller.

Cheyenne et ses fées (Marianne et Dominique) avaient décidé de mettre des paillettes partout. Je ne sais pas pourquoi, mais elles pensaient que le Royaume du recyclage devait briller de mille feux. Du coup, Mme Hunter a acheté des tonnes de paillettes au magasin d'arts plastiques. Cheyenne, M et D les lançaient à pleines poignées, même là où ça ne convenait pas du tout, comme dans la grotte du dragon ou sur l'ordinateur de la méchante reine.

J'avoue que j'étais un peu agacée par cette poudre de fée – comme elles l'appelaient –, surtout qu'en rentrant chez moi et en enlevant mes chaussures, j'ai mis des paillettes partout sur le tapis de ma chambre ; mais puisqu'on avait décidé de féliciter les fées et leur reine pour qu'elles s'intéressent à la pièce, j'ai fait un effort. Du coup, chaque fois qu'elles jetaient des paillettes sur quelque chose, je m'exclamais :

— C'est super !

Au début, elles me regardaient de travers. Mais Dominique a fini par répondre :

— Oui... merci.

Et Marianne, elle, a paru toute contente quand je me suis extasiée sur sa technique de lancer de paillettes.

— Merci ! a-t-elle dit en me faisant un grand sourire. C'est vrai que c'est beau, hein ?

Ça marchait ! À force de les valoriser, elles commençaient à montrer plus d'enthousiasme pour la pièce. Enfin, pas toutes. Parce que, bien sûr, quand j'ai tenté le coup avec Cheyenne, elle m'a regardée d'un œil noir et a répondu :

— La ferme.

J'ai d'abord cru que j'avais mal compris.

— Pardon ?

— J'ai dit, la ferme !

Et elle m'a tourné ostensiblement le dos pour s'occuper du champignon qu'elle aspergeait de paillettes.

J'ai senti la colère monter. Je n'en croyais pas mes oreilles ! Cheyenne m'avait dit de la fermer, exactement comme le jour où je l'avais vue en train d'acheter des boucles d'oreilles au centre

commercial et qu'elle avait répondu « la ferme »
à sa mère !

Alors que tout ce que j'avais fait, comme la
mère de Cheyenne, c'était essayer d'être gentille
avec elle ! Là, j'ai pensé à quelque chose : la Maléfique Reine Mélissa voulait tuer la princesse Pénélope pendant toute la pièce...

... alors que la princesse Pénélope n'avait fait
qu'être gentille avec elle !

Voilà ! Je l'avais trouvée, ma motivation pour
le personnage de la méchante reine. Oncle Jay
m'avait assuré que l'inspiration me viendrait, et il
avait raison.

J'allais m'inspirer de Cheyenne O'Malley, la
plus méchante fille que j'aie jamais connue !

Règle n° 11

Quand on n'a pas le choix, il faut faire avec

Les répétitions se passaient bien. Enfin, c'est ce qu'il me semblait. À la fin de la deuxième semaine, je connaissais mon texte sur le bout des doigts. Le secret pour apprendre quelque chose par cœur, c'est de s'entraîner, donc je m'entraînais tout le temps. La nuit, avant de m'endormir. Le matin, pendant que je me brossais les dents. Et à force d'y penser la nuit, le matin, pendant les répétitions, j'ai fini par savoir mes répliques sans avoir eu l'impression de faire un énorme effort.

Par contre, certains élèves avaient vraiment du mal. Patrick Day, par exemple. Il n'avait que deux répliques : « Oui, Votre Majesté, le rayon de pollution est prêt » et « La voilà. Nous allons la neutraliser avec le rayon de pollution ! » sauf qu'il n'arrivait jamais à s'en souvenir. C'est bizarre, quand même. Lui qui était capable de retenir tous les noms et toutes les marques des voitures qu'il conduirait quand il aurait son permis. Ça, c'était facile ! Mais deux petites répliques ? Impossible. Rosemary, qui jouait l'autre soldat, devait tout le temps lui souffler son texte.

Apparemment, il y a des gens qui n'ont pas la fibre du théâtre.

Ce n'était pas le seul problème qui nous restait à régler avant d'être prêts pour le spectacle. Il y en avait bien d'autres, y compris le fait que je ne m'étais pas trompée à propos de Cheyenne : elle était vraiment méchante ! Alors que Dominique et Marianne s'étaient mises à jouer pour de vrai, Cheyenne continuait à débiter son texte comme un robot. On avait beau la complimenter pour tout et n'importe quoi, elle nous tournait le dos en prenant son air hautain. Et je n'étais pas la seule à remarquer que, quand Sophie jouait, Cheyenne articulait silencieusement le texte en même temps.

— Elle a appris toutes les répliques de la princesse ! a chuchoté Rosemary un matin, pendant la répétition.

On était en train de regarder Sophie dans une scène où on n'apparaissait pas. Cheyenne n'y figurait pas non plus. Elle était assise sur le côté de l'estrade avec nous, et c'est là qu'on a vu que ses lèvres bougeaient en même temps que celles de Sophie.

— Elle pense sûrement que si Sophie tombe malade, Mme Hunter lui demandera de la remplacer, m'a soufflé Rosemary, écœurée.

J'ai hoché la tête mais je n'ai rien dit. Parce que je dois avouer que, moi aussi, j'avais vaguement appris les répliques de la princesse Pénélope en pensant la même chose. C'est vrai que Sophie est souvent malade. Un jour, j'ai entendu une conversation entre mes parents, où ma mère expliquait qu'à son avis, Sophie était un peu hypocondriaque (ça veut dire quelqu'un qui se croit toujours malade, mais qui en fait ne l'est jamais vraiment).

Je ne souhaitais pas qu'il arrive quoi que ce soit à Sophie... même si, dans ce cas-là, je serais tout à fait prête pour la remplacer dans le rôle de la princesse Pénélope. Je ne voulais pas qu'elle tombe malade. C'est juste que je n'avais pas pu m'empêcher d'apprendre les répliques de la princesse. À force de les entendre tellement souvent, je les avais dans la tête.

Alors que Cheyenne, elle, on voyait bien qu'elle espérait *vraiment* qu'il arrive quelque chose à Sophie. Si ce n'est pas de la méchanceté pure, ça ? Cela dit, il n'y avait pas que Cheyenne qui faisait une fixation sur Sophie.

— Vous ne trouvez pas que Joey Fields est un peu bizarre en ce moment ? a demandé Sophie un matin, pendant qu'on descendait en récré.

— Il aboie moins que d'habitude, ai-je dit.

Je suis bien placée pour le savoir, vu que je suis assise toute la journée à côté de lui en classe. Au lieu de parler, il se met parfois à aboyer et à gronder comme un chien. Mais depuis que j'ai discuté avec Oncle Jay des compliments et de la valorisation, je le récompense en ne lui lançant pas d'élastiques quand il n'aboie pas, et du coup, il aboie beaucoup moins.

— Non, a expliqué Sophie. Il vient tout le temps me voir pendant les répétitions et il me pose des questions bizarres. Par exemple, il me demande ce que je préfère comme bonbons. Il fait ça avec vous ?

— Sûrement pas, a dit Rosemary. Sinon, je lui coincerais la tête sous une chaise.

— On dirait qu'il t'aime bien, a enchaîné Caroline tout de suite après Rosemary.

Ça m'a étonnée de la part de Joey Fields – qu'il aime bien Sophie. Parce que jusqu'à maintenant, c'était moi que Joey aimait – même qu'il m'avait demandé de sortir avec lui et que j'avais refusé. Comment pouvait-il changer tout d'un coup et préférer Sophie ? D'accord, il jouait le gentil magicien qui apprend à la princesse Pénélope que c'est du gâchis de jeter les bouteilles d'eau en plastique, et il l'aide à trouver la maison de sa marraine-fée dans le Royaume du recyclage. Du coup, il avait une scène avec elle dans la pièce.

De toute façon, moi, je ne l'aimais pas. Enfin, pas dans ce sens-là. Mais quand même, passer d'une fille à l'autre, c'était n'importe quoi. Les garçons sont trop bizarres.

— Berk, a fait Sophie. Pourvu qu'il ne m'aime pas ! Parce que moi, je ne l'aime pas.

— Tu exagères, a protesté Erica. Il est gentil, Joey Fields. En tout cas, il est plus gentil que les autres garçons. Sauf Lenny Hsu. Au moins, Joey ne lance pas tout le temps des choses et il ne dit rien d'impoli dans le dos de la directrice.

— Berk, a répété Sophie. (Visiblement, elle pensait encore à Joey Fields qui l'aimait bien.)

Moi, je tournais d'autres réflexions dans ma tête. Voilà ce qui se passe quand on est la star de la pièce, me disais-je. Tous les garçons – en tout cas, Joey Fields – tombent amoureux de vous. Ça ne vous fait pas forcément plaisir, d'ailleurs – je parle en connaissance de cause parce que je me suis trouvée dans cette situation avec Joey, et je peux vous dire que ce n'est pas tellement drôle.

Mais quand même. Personne ne tombe amoureux de la méchante reine. *Personne*. Et personne n'apprend les répliques de la méchante reine en espérant la remplacer si elle tombe malade. *Personne*.

Bon. Maintenant que j'étais arrivée à cette conclusion, je me suis dit que, tant pis, c'était comme ça. J'avais le rôle de la Maléfique Reine Mélissa, et j'allais la jouer de mon mieux. Parce que, *Quand on n'a pas le choix, il faut faire avec*. C'est une règle.

Vu que j'étais pleine de bonnes intentions, vous comprendrez que je ne m'attendais pas à recevoir autant de critiques le matin du spectacle, quand j'ai apporté mon costume pour la répétition générale. Je l'avais fabriqué moi-même avec tout ce que j'avais déniché d'intéressant dans mon placard, en plus de la robe que ma mère me prêtait et la cape de Dracula de mon père.

Et je le trouvais vraiment beau. D'accord, on ne pouvait pas le comparer aux costumes des elfes et des soldats que les parents avaient cousus parce qu'ils devaient être tous pareils. Ma mère avait proposé de m'aider, mais j'avais préféré me débrouiller toute seule.

Franchement, il n'était pas moche du tout. Il me plaisait beaucoup, même. À ma grande surprise, Sophie n'a pas eu l'air de mon avis.

— Mais tu es censée être une *méchante,* a-t-elle

dit quand je suis sortie des toilettes où les filles se changeaient. Une *méchante* reine.

— Eh bien, c'est ça, une *méchante*, ai-je répondu en baissant les yeux sur mon costume.

— Mais...

Sophie s'est tournée vers Erica, Caroline et Rosemary, comme si elle leur demandait de la soutenir. Sauf qu'elle ne pouvait rien espérer de Rosemary, parce que Rosemary était pliée en deux de rire et qu'elle n'arrivait pas à s'arrêter.

— Ça m'étonnerait qu'une méchante reine porte des baskets rouges, a repris Sophie. Avec des chaussettes à rayures, en plus.

J'ai regardé mes baskets. J'avais longuement réfléchi à mon personnage. Mais j'avais aussi pensé aux spectateurs qui viendraient voir la pièce. Il y aurait des enfants parmi eux, les petits frères et petites sœurs des élèves de ma classe et de Mme Danielson, et certains seraient encore plus jeunes que Kevin. Je ne voulais pas que la Maléfique Reine Mélissa leur fasse *trop* peur.

— Si, moi, je crois que la méchante reine porterait des baskets, ai-je répondu à Sophie.

— Et *moi*, a dit Sophie d'une voix pincée, je suis sûre que non. Elle aurait des chaussures plus originales. Et surtout, des chaussures de méchante.

— Et *moi*, ai-je rétorqué, je ne sais pas ce que c'est, des chaussures de méchante. C'est mon personnage et, moi, je sais qu'elle peut porter des baskets. Tu peux habiller ton personnage comme tu veux, mais le mien porte des baskets rouges. Et des chaussettes à rayures.

Sophie s'apprêtait à répondre quand Erica nous a interrompues en agitant sa baguette magique de marraine-fée.

— Arrêtez de vous disputer ! Vous êtes toutes les deux super.

Juste au moment où Sophie allait quand même continuer la discussion, Caroline est intervenue à son tour.

— Oui. Et c'est Mme Hunter qui décidera. Après tout, c'est elle, le metteur en scène. On verra bien si le costume d'Allie ne lui plaît pas.

Sophie a eu l'air sceptique, mais elle n'a rien dit.

Jusqu'à ce qu'elle découvre le costume de Cheyenne quand on est remontées en classe. Et là, elle est restée la bouche ouverte, incapable d'émettre un son.

— *Qu... qu'est-ce que* c'est que ce costume ? a-t-elle enfin réussi à articuler.

On a vite compris, parce que Cheyenne ne s'est pas gênée pour le raconter. Sa mère lui avait offert un vrai costume de fée qu'on trouve dans les boutiques de déguisements (alors que tout le monde avait fabriqué le sien).

— Elle l'a commandé sur Internet, a-t-elle expliqué en virevoltant dans sa robe longue à volants toute pailletée. C'est du tulle, et ça vient de New York !

M et D, mais aussi toutes les filles de la classe, ont fait :

— Ouaouh !

Sophie a regardé son propre costume – une vieille robe de soirée que sa mère avait trouvée dans une brocante et qui était parfaite, si vous voulez mon avis.

— Son costume est bien plus beau que le mien ! a-t-elle gémi.

— Pas du tout ! a aussitôt déclaré Erica. Le tien est très joli.

— Mais celui de Cheyenne a plein de paillettes !

— C'est normal, puisque c'est une fée, a dit Caroline. Toi, tu es une princesse.

— Mais... (Et là, Sophie était au bord des larmes.) C'est moi, la star de la pièce !

Aïe ! Aïe ! Aïe !

— Écoute, Sophie, ai-je tenté à mon tour. Personne n'a dit que la princesse Pénélope était très bien habillée. C'est vrai, quoi. Sa méchante marâtre vient de la chasser du Château du Plastique Maudit. Elle erre depuis des jours et des jours dans le Royaume du recyclage. Alors, forcément, elle ne peut pas avoir une robe merveilleuse.

Voyant que sa lèvre commençait à trembler, je me suis reprise aussitôt :

— Même si la tienne est très belle.

Malgré nos efforts, Sophie ne parvenait pas à détacher ses yeux de Cheyenne.

— Regardez sa couronne ! a-t-elle dit d'une voix larmoyante.

Je l'avoue, la couronne de Cheyenne était impressionnante. Tout en or étincelant, incrustée de pierres précieuses, avec un diadème qui lui descendait sur le front. C'est sûr que Sophie et moi, à côté, on avait honte de nos couronnes en carton qui faisaient plus penser à celles qu'on trouve avec la galette des rois. La couronne de Cheyenne, elle, mesurait au moins cinquante centimètres de haut (sans compter les petites ampoules fluorescentes sur le dessus).

En plus, elle avait des ailes de fée immenses, couvertes de paillettes, et qui tenaient bien droites dans son dos, pas comme celles tout avachies qu'Erica avait récupérées d'un vieux costume d'ange de Missy.

— Ce n'est pas juste, a dit Sophie en fronçant les sourcils, signe qu'elle commençait à se mettre en colère. C'est *moi*, la star de la pièce. C'est moi qui devrais avoir le plus beau costume. Je suis sûre que Cheyenne l'a fait exprès pour que j'aie l'air ridicule.

— Non, quand même, tu exagères, a protesté Erica, qui était inquiète en voyant la réaction de Sophie.

— Je vais aller la voir, a annoncé Sophie avec détermination. Et je ne me gênerai pas pour lui...

Heureusement, pile à ce moment-là, Mme Hunter est entrée dans la classe et a frappé dans ses mains :

— Les enfants ! Les grands de maternelle vont assister à la répétition générale, et ils brûlent d'impatience de découvrir la pièce. C'est une chance de pouvoir vous entraîner devant un public avant le spectacle ! Alors, essayez de donner le meilleur de vous-même. D'accord ? Allez, vite. Tout le monde en place !

Génial ! Pour la première fois, on allait jouer devant de vrais spectateurs ! Sauf que parmi eux, il y avait mon frère, Kevin. Mais bon, ce n'était pas grave.

— J'ai le trac ! s'est écriée Erica.

— Ne t'inquiète pas, ça va bien se passer, ai-je dit pour l'encourager.

En réalité, je n'étais pas rassurée non plus. Je doutais de moi maintenant et je me demandais si, finalement, Sophie n'avait pas raison. Peut-être que mes baskets rouges n'allaient pas du tout avec le rôle ?

On est tous descendus au gymnase pour finir de se préparer dans les coulisses. Mais d'abord, j'ai dû calmer Patrick Day et Stuart Maxwell qui s'étaient lancés dans un combat d'épées en carton. Il a fallu ensuite que j'aide Patrick à écrire ses répliques sur son épée parce qu'il n'arrivait toujours pas à s'en souvenir. Comme si je n'avais rien d'autre à faire !

Quand on a entendu les maternelles s'installer, là, c'est devenu presque impossible de ne pas avoir encore plus peur. D'accord, c'étaient seulement des maternelles, mais quand même, on ne voulait pas leur montrer un spectacle raté. En tout cas, moi, je n'avais pas envie.

— Oh là là, gémissait Sophie, qui semblait vraiment malade. Je crois que je vais vomir. J'ai de la fièvre à votre avis ?

Pendant qu'Erica touchait son front pour voir s'il était chaud, Cheyenne lui a glissé à l'oreille :

— Si tu dois aller à l'infirmerie, je peux te remplacer.

Sophie lui a répondu d'un air dégoûté :

— Non *merci*, Cheyenne.

Puis elle s'est tournée vers moi pour me demander, en retenant la colère dans sa voix :

176

— Allie, *sincèrement*. Tu ne vas pas porter tes baskets ?!

J'ai regardé mes baskets rouges, que je n'avais pas quittées depuis le matin.

— Si, ai-je déclaré. Pourquoi ?

Sophie paraissait vraiment très agacée.

— Parce que je trouve qu'elles ne vont pas du tout avec le rôle ! Elles sont tellement...

Mais elle n'a pas eu l'occasion de finir sa phrase. C'était l'heure !

La princesse Pénélope apparaissait en premier. Elle avait un monologue à dire (où elle racontait la mort de son père), puis c'était mon tour. J'attendais dans les coulisses d'entendre la réplique de Sophie, le signal que je devais entrer en scène. Pendant ce temps, je regardais les maternelles assis par terre : ils semblaient tous très attentifs. J'avais beau me répéter que cette représentation ne comptait pas tout à fait, vu qu'on jouait devant des petits, mon cœur battait quand même très vite. Parce que j'avais envie d'être bonne. Et je ne comprenais vraiment pas Cheyenne. Comment pouvait-elle dire qu'elle s'en fichait ? Encore une preuve qu'elle et moi, on n'avait rien en commun.

À l'instant où Sophie a prononcé la réplique que j'attendais, j'ai senti une énorme boule monter de mon ventre jusqu'à ma gorge. J'ai même cru que mon cœur allait s'arrêter de battre.

Et puis, je me suis rappelé que je n'étais plus Allie Punchie. J'étais la Maléfique Reine Mélissa, qui détestait le recyclage et détestait encore plus la princesse Pénélope. *Elle*, elle n'aurait pas peur de parler devant des maternelles, ni devant personne. Parce que c'était une reine. Avec cette pensée-là en tête, je me suis avancée et j'ai parlé avec ma grosse voix de méchante reine. Et tout le monde a ri. Surtout Kevin. Il riait encore plus fort que les autres.

— C'est elle ! C'est ma sœur ! disait-il en me montrant du doigt.

À partir de ce moment-là, je n'ai plus eu peur du tout et j'ai commencé à trouver ça amusant de jouer la reine Mélissa, c'est-à-dire aussi la Cheyenne ultra-gâtée, la peste qui arrivait toujours à ses fins parce que sa mère faisait tout ce qu'elle voulait, jusqu'à lui acheter des boucles d'oreilles en améthyste au centre commercial sur un pur caprice. Personne ne lui disait jamais non, même si elle était désagréable et répondait à sa mère de *la fermer*. Voilà pourquoi elle était si méchante. Elle ne savait pas comment se comporter autrement, c'est tout.

En tout cas, je suis sûre d'une chose, c'est que Cheyenne n'a pas remarqué que je l'imitais ! Sinon, vous pensez bien qu'elle serait venue m'en parler. Elle a même oublié qu'elle ne voulait pas

178

essayer de bien jouer, tellement elle était fière de se montrer dans son costume.

Il faut dire que les petites de maternelle étaient impressionnées quand elles l'ont vue arriver sur scène. Elles ont trouvé la reine-fée-des-ampoules-fluorescentes trop belle ! Cheyenne était ravie, j'en suis sûre, parce qu'elle n'a pas du tout parlé comme un robot.

À un moment, elle a même fait une petite pirouette pour montrer ses chaussons de fée roses à paillettes. Puis elle a repoussé ses longs cheveux en arrière et a sautillé en agitant ses ailes. Elle était parfaite !

Tout le monde était parfait. Patrick ne s'est pas trompé (il a lu ses répliques sur son épée), Caroline a gambadé sans faire tomber une seule fois sa corne, et Erica était tout simplement géniale en marraine-fée douce et gentille.

Moi, j'ai eu droit à des tonnes d'applaudissements au moment où je meurs. J'ai fait durer la scène le plus longtemps possible en la jouant de la manière la plus tragique que je pouvais imaginer. J'ai même entendu les garçons de ma classe rire dans les coulisses. Et quand je me suis effondrée par terre, morte, j'ai fait exprès de relever ma robe pour qu'on voie mes chaussettes à rayures et mes baskets rouges. Là, les maternelles ont explosé de rire.

J'en ai donc déduit que j'avais bien joué. Parce que si les gens ne sont pas contents quand la méchante meurt, ça veut dire que l'actrice qui joue la méchante n'a pas joué une *bonne* méchante.

Bref, quand on est venus saluer à la fin, tout le monde était debout pour nous applaudir !

D'accord, ce n'étaient que des maternelles...

... mais ça signifiait quand même que notre spectacle n'était pas nul. Ce qui nous a fait plaisir, vu qu'on avait beaucoup travaillé pour le préparer.

En tout cas, moi, j'étais super contente qu'ils aient aimé la pièce. Erica, Caroline et Rosemary aussi. On faisait des bonds toutes les quatre, en riant et en parlant à la fois. Et il n'y avait pas que nous : Elizabeth Pukowski, Shamira et les autres filles étaient dans le même état. Bref, étant donné l'ambiance générale, j'ai donc été très surprise quand je me suis approchée de Sophie et qu'elle m'a lancé avec colère :

— Laisse-moi tranquille, Allie. À cause de toi, la pièce était ratée !

Là, j'ai reçu le choc de ma vie. Rien n'aurait pu me plonger dans une telle stupeur, sauf peut-être si Sophie m'avait annoncé qu'elle quittait l'école de Pine Heights pour aller jouer dans le prochain film des Jonas Brothers.

Je me suis tournée vers les filles pour voir si elles éprouvaient la même chose que moi. Erica, Caroline, Rosemary et les autres m'ont regardée avec l'air de ne rien comprendre à ce qui se passait.

— Comment ça, à cause de moi ? ai-je demandé.

Sophie a pointé un doigt accusateur sur mes baskets.

— À cause de tes chaussures ! Quand tu es entrée en scène, tout le monde a ri !

Évidemment que tout le monde avait ri. Parce que c'était fait exprès : je *voulais* que mon costume fasse rire, et j'avais été enchantée de voir que ça marchait. Pourquoi Sophie était-elle si furieuse ? Franchement, je ne comprenais pas.

— Et alors ? C'est bien de faire rire les gens, ai-je répondu.

— Sauf que la méchante reine est *méchante*, a répliqué Sophie. C'est pour ça qu'elle s'appelle la méchante reine ! Tu es censée faire peur, pas faire rire. Et quand tu meurs, ça ne doit pas être drôle. Mais ils ont tous ri ! Tous ! Et à la fin, c'est toi qu'ils ont applaudie, alors que la star, c'est moi ! C'est la princesse Pénélope !

J'ai interrogé Caroline du regard. Pour toute réaction, elle a haussé les épaules. Elle non plus ne comprenait pas pourquoi Sophie se mettait dans un pareil état. Pas plus qu'Erica. Ni que

Rosemary. Que pouvais-je faire ? Ou dire ? Je voyais bien que Sophie était fâchée. Très franchement, je trouvais qu'elle se comportait comme une princesse trop gâtée, mais j'ai quand même essayé de la rassurer.

— Mais non, Sophie. Pas du tout ! On ne m'a pas applaudie plus que toi.

— Si, je l'ai vu ! a-t-elle crié.

Caroline aussi a tenté de la calmer.

— C'est juste parce qu'il y avait le petit frère d'Allie dans le public, a-t-elle expliqué.

Sophie a serré les poings et s'est mise à hurler :

— C'est moi, la star de la pièce, Allie ! Tu m'entends, c'est *moi* ! Ce n'est *pas* toi ! Et tu fais tout pour que ça ne se voie pas ! Je te *déteste* !

Pas de chance pour Sophie. Intriguée par les cris, Mme Hunter était montée sur la scène, et, pile à ce moment-là, elle a tout entendu.

— Sophie Abramowitz ! a-t-elle lancé d'une voix scandalisée. Viens me voir dans le couloir immédiatement !

À la seconde même, Sophie a eu l'air atrocement gênée. Ses joues sont devenues toutes rouges et ses yeux se sont remplis de larmes. Elle est descendue de l'estrade, tête basse, pour rejoindre Mme Hunter. J'ai baissé la tête moi aussi en regardant mes baskets rouges, et je me suis sentie affreusement mal.

— C'est ma faute, ai-je soupiré.

— Mais non, a dit Erica, qui essaie toujours d'être optimiste. Sophie est stressée, c'est tout. Elle a le trac pour le spectacle de ce soir. Une fois que Mme Hunter aura parlé avec elle, ça s'arrangera. Tu verras.

Sauf que ça ne s'est pas arrangé. Au contraire. Quand Sophie est revenue après avoir vu Mme Hunter, elle sanglotait.

— Mme Hunter a dit... que je ne jouerais pas... la princesse... Pénélope... ce soir ! Elle me retire de la pièce !

Règle n° 12

Si vous êtes sûre de ce qu'il faut faire, faites-le

Maintenant, tout reposait sur moi. J'avais toujours su que ça se terminerait comme ça, finalement.

Mme Hunter n'avait aucune inquiétude à se faire. Je connaissais le texte de la princesse Pénélope par cœur, et j'avais aussi mémorisé chaque détail de son jeu de scène. Donc, j'étais complètement prête pour reprendre le rôle. J'avais même un costume – ma robe dorée à fleurs. Je comptais la mettre avec mes ballerines noires vernies (si elles m'allaient encore, je ne les avais pas essayées depuis un moment).

Il y avait juste une petite question à régler : qui allait jouer le rôle de la méchante reine ?

Mais j'avais une réponse : Mme Hunter, bien sûr. Mme Hunter pouvait très bien jouer la méchante reine. Je ne voyais pas pourquoi elle ne pourrait pas. Elle ne faisait rien pendant le spectacle, sauf vérifier qu'on avait tous nos accessoires (par exemple, le sac de courses réutilisable d'Erica, etc.), et qu'on ne ratait pas notre entrée en scène. Sinon, elle ouvrait et fermait le rideau. Mme Jenkins n'aurait qu'à la remplacer. D'accord, c'était la directrice, mais pourquoi pas ? Je tiens quand même à préciser que j'étais très triste pour Sophie. Évidemment.

En même temps, c'était elle qui avait fait son propre malheur, parce qu'elle s'était prise trop au sérieux dans son rôle de star. C'est vrai, quoi. Est-ce que ça m'était monté à la tête, moi, que ma mère soit la star d'une émission de télévision locale ? Est-ce que je m'étais permis de donner des ordres et de dire à mes amies que je les détestais ? Non. En vérité, Sophie ne pouvait s'en prendre qu'à elle-même.

— Mme Hunter t'a *vraiment* proposé le rôle de Sophie ? m'a demandé ma mère au déjeuner.

J'étais allée chercher ma robe dorée à fleurs pour qu'elle la repasse, en expliquant que je devais la porter le soir.

— Euh.... Pas officiellement. Mais je suis sûre qu'elle va le faire.

186

— Attention, ma chérie, a dit ma mère. Si elle ne t'en a pas parlé, ne te fais pas trop d'espoirs. Tu risques d'être déçue.

— Mais maman. Il n'y a *personne d'autre* à qui elle peut demander. Vu que Cheyenne joue super mal, Mme Hunter ne lui proposera certainement pas. En plus, je suis la meilleure actrice de la classe. C'est vrai, je ne dis pas ça pour me vanter.

— Oui, Allie est vraiment bonne, a lancé Kevin entre deux bouchées de son croque-monsieur. Si tu la voyais... Elle est trop drôle !

Ma mère a hoché la tête en souriant. Mais j'ai eu l'impression qu'elle restait quand même un peu inquiète.

— Ton père se réjouissait de te voir dans sa cape de Dracula, a-t-elle simplement ajouté.

— Je serai encore mieux comme ça, ai-je affirmé. Tu verras.

À midi, le retour de l'école s'était moyennement bien passé. Sophie avait sangloté tout le long du chemin, tandis que j'attendais qu'elle me fasse des excuses. Mais pas une seule fois, elle n'avait abordé le sujet. D'accord, je comprenais qu'elle était affreusement triste de ne plus jouer la princesse Pénélope, mais quand même ! Elle m'avait dit qu'elle me détestait ! Je trouvais qu'elle aurait pu penser à *moi* aussi et à ce que j'éprouvais, et pas seulement à elle.

187

En tout cas, on avait essayé de la soutenir de notre mieux en lui disant que Mme Hunter changerait peut-être d'avis.

Mais bien sûr, on n'y croyait pas vraiment, moi la première. Parce qu'à force de jouer la princesse Pénélope, Sophie s'était mise à se prendre pour une princesse, justement, dans le sens où elle se croyait autorisée à donner des ordres aux autres (comme quand elle m'avait dit de changer de chaussures), et qu'elle en avait oublié la règle n°1 : *traitez les autres comme vous voudriez qu'ils vous traitent.*

D'autant plus que Sophie refusait de s'excuser. Elle répétait au contraire que c'était à Mme Hunter de s'excuser de l'avoir retirée de la pièce. Franchement, vu comment elle se comportait, j'étais sûre que j'allais jouer Pénélope.

En attendant, Erica se faisait vraiment du souci pour Sophie – surtout quand on est retournées à l'école l'après-midi, et qu'on a vu Caroline, seule, au carrefour où on se retrouve toujours toutes les quatre.

— Sa mère a dit qu'elle n'avait pas arrêté de pleurer, a expliqué Caroline. Du coup, elle a mal au ventre et elle va rester à la maison cet après-midi.

— Oh non ! s'est écriée Erica. C'est trop triste !

J'ai haussé les épaules et j'ai répondu calmement :

— On n'y peut rien. C'est elle la responsable.
Elle aurait dû s'excuser de faire sa chef et de nous
donner des ordres.

Et aussi d'avoir dit qu'elle me détestait. Mais
ça, je n'en ai pas parlé, parce que ça me paraissait
évident.

— C'est quand même dommage, a repris Caroline. Sophie s'est juste énervée parce qu'elle était
trop stressée, c'est tout.

— Ou peut-être parce qu'elle se prend vraiment pour une princesse, ai-je suggéré.

Caroline n'était pas d'accord.

— Sophie ? Non, ce n'est vraiment pas son
genre !

— Alors, pourquoi elle a critiqué mes chaussures ? ai-je rétorqué. En plus, elle a dit qu'elle
me détestait !

— Si elle reste à la maison cet après-midi, elle
va peut-être se calmer, a dit Caroline.

Oui, peut-être... Mais j'ai pensé que ce serait
peut-être aussi trop tard pour qu'elle récupère
son rôle. Parce que la princesse Pénélope, c'était
peut-être déjà moi.

Brusquement, j'ai eu une idée. Et si ma mère
invitait Lynn Martinez au spectacle ? Pourquoi

pas ? Elles étaient copines maintenant, vu qu'elles se parlaient de faux cils et tout.

Si Lynn me voyait jouer la princesse Pénélope, elle voudrait sans doute m'interviewer pour *Bonnes Nouvelles !* Et c'est là qu'un producteur d'Hollywood me remarquerait et m'engagerait pour être la star d'une nouvelle série, avec une fille de C.M.1 qui adore les animaux et qui a deux affreux petits frères, et dont la mère est aussi une star de la télé.

Tout ça me semblait parfait, sauf qu'il y a eu un petit problème : quand on est arrivées à l'école, Cheyenne clamait partout que Mme Hunter allait lui proposer *à elle* de jouer la princesse Pénélope.

— C'est sûr ! a-t-elle lancé, assez fort pour qu'on l'entende jusqu'aux balançoires où on s'était regroupées avec d'autres filles. À qui d'autre pourrait-elle demander, à la dernière minute, sinon à la seule de cette classe qui est *presque* une actrice professionnelle ?

— Et ton costume de reine-fée, alors ? a interrogé Dominique. Tu as dit que ta mère l'avait payé deux cents dollars.

— C'est facile de le transformer en costume de princesse, a répliqué Cheyenne. Il n'y a qu'à enlever les ailes.

Erica était outrée.

— Non, mais vous l'entendez ? Elle parle de reprendre le rôle de Pénélope comme si Sophie était carrément morte ! Vous savez quoi ? Je suis sûre que Mme Hunter rendrait le rôle à Sophie si elle s'excusait.

Je n'ai pas osé dire à Erica qu'elle se trompait. Parce que, premièrement, je n'étais pas prête à pardonner à Sophie. Et deuxièmement, je pensais qu'il ne fallait pas l'entretenir dans de faux espoirs.

— C'est quand même bien d'avoir une solution de rechange, me suis-je contentée de répondre. Je veux dire, si jamais Sophie ne revient pas.

— Mais tu crois que Mme Hunter pourrait prendre Cheyenne pour le rôle ? a demandé Erica, inquiète.

— Non. À mon avis, Mme Hunter choisira celle qui a le mieux joué pendant l'audition.

Erica est restée pensive un moment.

— Marianne et Dominique n'étaient pas très bonnes, a-t-elle déclaré pour résumer la situation. Et Mme Hunter ne demandera sûrement pas à Elizabeth et aux autres elfes. Bon, il y a aussi Caroline...

Elle s'est tournée vers Caroline.

— Tu voudrais jouer la princesse Pénélope, toi ?

— Pas question, a répondu Caroline. J'adore être la licorne. Mais qui d'autre, alors... ?

191

À ce moment-là, elle m'a regardée :

— Et *toi*, Allie ? Tu voudrais reprendre le rôle ?

Erica a écarquillé les yeux.

— Allie ? Mais... Tu connais le texte de Sophie ?

— Oui, bien sûr, ai-je dit en haussant les épaules avec modestie. C'est facile de mémoriser des répliques, à force de les entendre.

Erica était complètement éberluée.

— Mais alors... Qui jouerait la méchante reine ?

Encore une fois, j'ai haussé les épaules et j'ai répondu d'un air désinvolte :

— Mme Hunter, j'imagine.

— Mais tu es tellement bonne en méchante reine ! s'est écriée Erica. On adore ta manière de jouer. Tu nous fais beaucoup rire !

Alors là, j'étais sciée. Je m'attendais à tout sauf à une telle déclaration !

— Ah bon ? ai-je fait.

J'avais bien vu que je faisais rire Mme Hunter. Et mon petit frère. Et les garçons. Mais toute la classe ? Ça non, je ne le savais pas.

— Oui ! a insisté Erica. Tu ne *peux pas* lâcher le rôle de la méchante reine ! Tu es fantastique. Si quelqu'un d'autre que toi la joue, la pièce sera ratée !

Je n'avais jamais considéré les choses sous cet angle. *Moi*, j'étais tellement bonne en méchante reine que la pièce serait ratée si je jouais la princesse Pénélope ? C'est vrai que cette idée ne m'était pas du tout venue à l'esprit, vu que j'étais obsédée par la princesse.

— Ce serait vraiment dommage, a repris Caroline. En plus, ça m'étonnerait que Mme Hunter joue la méchante reine aussi bien que toi.

J'ai regardé mes pieds en ne sachant que répondre. Je portais toujours mes baskets rouges, parce j'avais eu la flemme de me changer après la répétition... tout en me disant, bien sûr, que je serais obligée de les enlever pour jouer la princesse Pénélope ce soir. Sauf si je décidais que la princesse était le genre de personnage qui portait des baskets. Pourquoi pas ? Avec l'image que je me faisais d'elle, c'était possible.

— Je ne sais pas..., ai-je dit pour finir. On verra bien.

Quand on est montés en classe, l'atmosphère était un peu lourde. Parce que tout le monde voyait que Sophie n'était pas revenue après le déjeuner.

— Les enfants, a annoncé Mme Hunter. Il semble que Sophie Abramowitz ne sera pas en mesure de jouer la princesse Pénélope ce soir. Nous devons donc la remplacer. Y a-t-il quelqu'un parmi vous qui pense connaître suffisamment son texte pour...

Cheyenne a brandi le doigt en l'air avant même que Mme Hunter ait terminé sa phrase. Comme je ne voulais pas lui laisser l'avantage, j'ai levé le doigt aussi. Mme Hunter nous a observées tour à tour.

— Cheyenne et Allie... Vous connaissez toutes les deux les répliques de la princesse Pénélope ?

Cheyenne a baissé le doigt et s'est tournée vers moi. Et là, je vous assure que, si les regards pouvaient tuer, je serais tombée raide morte. Non, je n'exagère pas ! Puis, quand elle s'est adressée à Mme Hunter, il était évident aussi qu'elle avait préparé sa réponse !

— Je connais parfaitement le rôle de la princesse Pénélope, a-t-elle expliqué. En plus, Dominique connaît le mien, celui de la reine-des-fées-des-ampoules-fluorescentes, donc elle peut me remplacer. Et vu que son rôle à elle n'a pas beaucoup de répliques, Marianne n'aura pas de mal à le reprendre. Alors que le texte d'Allie, j'imagine que *personne* ne le connaît.

Au ton de sa voix, j'ai bien compris ce qu'elle insinuait : que personne n'aurait eu *envie* d'apprendre les répliques de la méchante reine. Ce en quoi elle avait raison.

J'ai lancé un regard affolé à Mme Hunter en espérant qu'elle allait répondre à Cheyenne : « Moi, je connais le texte d'Allie, et je serais ravie

194

d'interpréter la méchante reine pour qu'elle puisse jouer la princesse Pénélope, parce qu'elle est bien meilleure actrice que toi, et que nous voulons tous qu'elle soit la princesse et pas toi. C'est clair ? »

Sauf que Mme Hunter n'a pas dit ça. Elle s'est tournée vers moi et m'a demandé :

— Qu'en penses-tu, Allie ? Crois-tu que quelqu'un voudrait reprendre le rôle de la méchante reine ?

Stuart Maxwell et Rosemary, avec qui je suis assise au dernier rang, m'ont regardée tous les deux d'un air stupéfait comme si j'étais coupable de haute trahison.

— Tu ne peux pas faire ça ! a dit Rosemary en parlant entre ses dents. Il est nul, le rôle de la princesse Pénélope ! Et tu es trop drôle en méchante reine !

— En plus, les princesses, ça craint ! a renchéri Stuart.

Tout au bout de la rangée, Patrick s'est penché en avant pour me chuchoter :

— Qui va me souffler mes répliques si tu n'es pas la méchante reine ? Hein ? Qui ?

Et à côté de moi, Joey a poussé un grognement. Ce qui voulait dire, sans entrer dans les détails, qu'il n'était pas content. Je ne pouvais pas faire autrement que donner raison à Cheyenne. La méchante reine avait *beaucoup* de répliques... et comme, bien sûr, personne ne les connaissait, il n'y avait personne qui soit capable de reprendre le rôle – ni qui en ait envie. Mme Hunter ne s'était pas proposée, en tout cas.

Que je le veuille ou non, j'étais obligée de jouer la Maléfique Reine Mélissa. Le sort était décidément contre moi. Parvenue à ce point de ma réflexion, alors que je voyais pourtant tous mes rêves d'Hollywood réduits à néant, j'ai répondu bravement à Mme Hunter :

— D'accord, Cheyenne n'a qu'à jouer la princesse Pénélope. Moi, je garde le rôle de la Maléf... de la méchante reine.

— Parfait, a dit Mme Hunter. La question est réglée. À présent, nous allons continuer notre leçon d'histoire.

Et voilà. C'était fini. J'allais rester Allie Punchie, tout court. Jamais je ne serais Allie Punchie, superstar, ou Allie Punchie, révélation de l'année dans une nouvelle série culte. Il n'y avait donc personne pour voir la princesse potentielle en moi ? Étais-je condamnée pour toujours à jouer la « méchante reine » – un rôle de composition, comme avait dit Oncle Jay.

D'accord, ça ne me déplaisait pas de faire rire les maternelles, mes amies, et les garçons de la classe. Mais j'aurais bien aimé aussi qu'on reconnaisse mes talents de princesse. Et maintenant,

Cheyenne – qui était méchante et prétentieuse – allait avoir ce qu'elle voulait. *Une fois de plus.*

J'en étais malade de la voir, toute fière d'elle, occupée à faire passer des messages à M et D. Si elle continuait comme ça, elle se transformerait réellement en méchante reine – en *vraie* méchante reine – qui tuait toutes les filles plus jolies qu'elle. Cheyenne obtenait *toujours* ce qu'elle voulait... des bottes à talons, des oreilles percées, des boucles d'oreilles en améthyste qui coûtaient cent dollars, le costume le plus cher, et maintenant, le rôle principal dans la pièce de la classe...

Sauf que, attendez... Une minute. Ce n'était pas *obligé.* Pas si, moi, j'intervenais. On ne voulait pas que je *joue* une princesse, très bien. Mais je pouvais quand même *agir* comme une princesse. Ou plutôt, comme une reine. C'est-à-dire avec noblesse. Et la manière la plus noble de sauver la situation, bien sûr que je la connaissais. Depuis le début, je savais ce qu'il fallait faire.

Or, *si vous êtes sûre de ce qu'il faut faire, faites-le.* C'est une règle. Absolument. Tout dépendait de *moi.* Ça aussi, je le savais depuis le début. J'ai donc pris ma décision et je m'y suis tenue.

Quand on est sorties de l'école, au lieu de continuer tout droit au carrefour, j'ai persuadé Erica de tourner dans la rue de Sophie (où habite aussi

Caroline). Et toutes les trois, on est allées sonner chez les Abramowitz.

— Bonjour, les filles ! a dit Mme Abramowitz en nous ouvrant la porte.

Quand la mère de Sophie travaille à sa thèse, elle est toujours habillée en leggings et sweat, et de temps en temps, elle pique un crayon dans ses cheveux comme une épingle à chignon.

— Vous venez prendre des nouvelles de Sophie ? C'est gentil. Elle va un peu mieux. Vous pouvez monter la voir dans sa chambre si vous voulez.

— Merci, madame Abramowitz, a-t-on répondu d'une seule voix en grimpant l'escalier quatre à quatre.

Sophie était en train de lire dans son lit à baldaquin, en chemise de nuit. Elle a sursauté quand elle nous a vues et ses joues sont devenues roses. Mais elle s'est contentée de dire d'une voix toute faible :

— Oh, salut...

Elle faisait encore semblant d'être malade. Je le savais, parce que Sophie est malade trop souvent pour que ce soit vrai chaque fois. Je suis allée droit au but. C'est comme ça que font les reines : elles n'hésitent pas à aborder un sujet.

— Sophie, il faut absolument que tu joues dans

la pièce ! ai-je dit. Sinon, Cheyenne va te remplacer et elle sera la princesse Pénélope.

Un éclair de colère est passé dans les yeux de Sophie. Mais elle s'est vite contrôlée et a continué à lire.

— Je ne peux rien faire maintenant, a-t-elle répondu d'une voix fatiguée. Mme Hunter ne veut pas.

— Parce que tu n'as pas voulu t'excuser auprès d'Allie ! s'est écriée Erica. Mais si tu t'excuses, elle te laissera revenir. J'en suis sûre !

— Moi aussi ! a dit Caroline. Mme Hunter ne voulait pas que Cheyenne joue la princesse Pénélope. Elle veut que ce soit *toi*. C'est pour ça qu'elle t'a choisie, et pas Cheyenne. Il suffit que tu demandes pardon, et elle te reprendra.

Quand Sophie a relevé les yeux, ils étaient pleins de larmes.

— Oh oui, a-t-elle gémi, j'aimerais bien. J'ai vraiment honte d'avoir fait ça ! Juste parce que je joue le rôle d'une princesse. C'est nul ! Je te demande pardon, Allie. Tu ne peux pas savoir comme je m'en veux ! Mais c'est trop tard maintenant !

Je suis allée m'asseoir à côté d'elle, sur son lit.

— Ce n'est jamais trop tard, Sophie, ai-je expliqué. Demande à ta mère d'appeler l'école. Mme Hunter y est sûrement pour préparer le spectacle. Parle-lui. Dis-lui que ce soir, dès qu'on arrivera à l'école, tu t'excuseras auprès de moi, devant elle. Je te pardonnerai, et alors tout s'arrangera.

— Et Cheyenne ? a demandé Sophie d'un air inquiet. Si Mme Hunter lui a donné le rôle et qu'ensuite elle me le rend ? Elle va piquer une crise.

— Et alors ? ai-je répondu. On s'en fiche. De toute façon, Cheyenne pique *tout le temps* des crises.

Sophie se mordait la lèvre en réfléchissant. Puis elle a fermé son livre et a repoussé sa couette pour se lever.

— D'accord, a-t-elle déclaré. Je vais le faire. Parce que c'est vrai, je regrette vraiment ce que je t'ai dit, Allie.

— Je te pardonne, ai-je répondu. On est amies, hein ?

Après ça, on était drôlement soulagées toutes les quatre.

Je continuais à penser qu'elle n'avait pas fait grand-chose pour mériter qu'on lui pardonne, mais bon. Vu que j'avais décidé de me comporter comme une reine, je lui pardonnais quand même.

Le plus important, maintenant, c'était la pièce. Non ?

Règle n° 13

Rien n'est impossible, si on essaie

C'était bizarre de retourner à l'école le soir. Les odeurs n'étaient pas les mêmes, tout avait l'air différent. J'ai du mal à exprimer ce que je ressentais... C'est juste que, avec les lumières dans la cour et les fenêtres des classes toutes noires, l'école paraissait vraiment vieille alors que dans la journée, on ne s'en rendait pas compte.

Attention, même si je me faisais ce genre de réflexions à ce moment-là, je sentais le trac monter. Je tenais mon costume dans les bras, et j'écoutais Mark et Kevin parler à mes parents, à Oncle Jay et à Harmony du spectacle de leur classe qui avait lieu quelques jours plus tard (dans le cas de Mark, c'était une histoire de lézards, et pour Kevin, une chanson qui parlait d'arc-en-ciel).

Quand on est arrivés à la porte du gymnase, je n'étais pas très à l'aise.

— Bon, alors..., ai-je dit. Salut.

Comme on était un peu en retard, Mme Jenkins avait déjà commencé son discours, et les lumières étaient éteintes dans la salle. Mais ce n'était pas grave, parce que les élèves de Mme Danielson passaient en premier, avec leur pièce nulle sur une école au siècle dernier. Mes parents, Oncle Jay et Harmony allaient s'ennuyer à mourir !

— Allez vous asseoir, ai-je dit avant de les quitter. Moi, je dois aller me préparer dans la classe.

— Bonne chance, ma chérie, a soufflé ma mère en m'embrassant.

— Il ne faut jamais souhaiter « bonne chance » à une actrice ! s'est écrié Oncle Jay. Ça porte malheur.

Ensuite, il m'a serré la main en me lançant avec un grand sourire :

— Bonne chance !

Je n'y comprenais rien. Oncle Jay venait de dire le contraire.

— Euh, merci..., ai-je répondu.

Les professionnels du théâtre sont franchement bizarres, parfois.

Après avoir quitté mes parents, je suis montée dans la classe. Et là, croyez-moi, c'était le bazar complet. Tous ceux qui n'avaient pas encore fini de mettre leur costume s'énervaient, et ceux qui étaient déjà habillés couraient partout en répétant leur texte, sauf Patrick Day et Stuart Maxwell qui se battaient avec leurs épées en carton.

Au milieu de tout ça, j'ai vu Sophie et Cheyenne, debout devant le tableau avec Mme Hunter. Elles avaient toutes les deux les larmes aux yeux. Ouille. Ça devait chauffer. J'ai vite rejoint Caroline et Erica, qui étaient déjà prêtes.

— Qu'est-ce qui se passe ? ai-je demandé.

Erica m'a répondu d'une traite, en reprenant à peine son souffle :

— Sophie a dit à Mme Hunter qu'elle regrettait ce qu'elle avait fait et qu'elle voulait revenir dans la pièce... Elle a dit aussi qu'elle t'avait présenté ses excuses, et qu'on était toutes témoins... Mais Cheyenne l'a entendue... Et elle ne veut pas rendre le rôle de la princesse Pénélope !

— Oh non ! me suis-je écriée.

C'était trop horrible. Il fallait faire quelque chose ! Et j'étais la seule à pouvoir intervenir.

— Madame Hunter ! ai-je dit en me précipitant au tableau. C'est vrai. Sophie s'est excusée. Je lui ai pardonné, et on est redevenues amies.

S'il vous plaît, est-ce que vous voulez bien reprendre Sophie dans la pièce ?

Mme Hunter m'a regardée pendant que je serrais la main de Sophie dans la mienne, parce que je voyais qu'elle était au bord des larmes et semblait sur le point de s'évanouir (Sophie a tendance à en faire un peu trop). Elle n'a rien dit, mais j'ai lu dans ses yeux qu'elle me remerciait.

Tout d'un coup, le silence est tombé dans la classe. On entendait juste les élèves de Mme Danielson qui se préparaient en bas pour leur spectacle. Et puis tout le monde a sursauté quand Cheyenne a lancé à Mme Hunter d'une voix pas très agréable :

— C'est moi qui joue la princesse Pénélope ! Vous l'avez dit !

— C'est vrai, je l'ai dit, a répliqué Mme Hunter. Mais je t'ai désignée seulement parce que Sophie était malade. Maintenant qu'elle va mieux et qu'elle s'est excusée auprès d'Allie, elle peut reprendre son rôle. C'est ce qui était convenu, n'est-ce pas, Cheyenne ?

Cheyenne a fusillé Mme Hunter du regard. Je suis sûre qu'elle s'apprêtait à lui crier « la ferme ! », comme à sa mère dans le centre commercial, mais qu'au dernier moment, elle n'a pas osé.

Personne n'oserait jamais dire « la ferme » à Mme Hunter. À moins d'être tombé sur la tête. C'est une règle.

— Ce n'est pas juste ! a-t-elle déclaré à la place en tapant du pied.

Là, les yeux verts de Mme Hunter ont lancé des éclairs (attention, ça veut dire qu'elle va se fâcher).

— Cheyenne, a-t-elle répondu très calmement. Ce n'est pas toi qui décides. Le metteur en scène, c'est moi. Est-ce que nous sommes d'accord ?

On a eu l'impression que Cheyenne allait rétorquer. Et puis elle a fini par comprendre, semble-t-il, que le metteur en scène – c'est-à-dire la *chef* de la pièce –, c'était Mme Hunter. L'air mauvais, elle a relevé le menton en avant et est partie, furieuse. Mme Hunter s'est tournée vers Sophie.

— Je suis contente que tu te sentes mieux, a-t-elle dit en souriant.

Quand Sophie a réalisé qu'elle allait définitivement jouer la princesse Pénélope, son visage s'est éclairé.

— Merci, madame Hunter, s'est-elle écriée. Merci beaucoup ! Je regrette *vraiment* ce que j'ai fait, si vous saviez !

— Ce n'est pas grave, Sophie, a répondu Mme Hunter. On a tous nos mauvais moments. Va vite te préparer.

— Oui, madame Hunter !

Sophie m'a lâché la main et a couru vers Caroline et Erica, qui attendaient avec angoisse de savoir ce qui allait se passer. Mme Hunter s'est alors adressée à moi d'une voix toute douce :

— Merci, Allie. Tu as été très gentille. Je te félicite pour ton esprit de camaraderie, et pour la maturité dont tu as fait preuve.

Je me suis sentie rougir sous le compliment. Mme Hunter me félicitait ! Elle pensait que j'avais fait preuve de maturité ! Ça voulait dire que la prochaine fois qu'on jouerait une pièce avec une princesse, c'est à moi qu'elle donnerait le rôle. Pas vrai ?

— File te mettre en costume, a-t-elle continué. Le spectacle de Mme Danielson va bientôt commencer. Nous n'avons pas beaucoup de temps.

— Oui, madame Hunter !

C'est tout ce que j'ai pu répondre. Je suis partie en serrant mon costume contre moi. Mme Hunter m'avait félicitée et me trouvait mûre ! Moi !

Je ne suis même pas allée parler aux autres, même si je voyais qu'elles étaient contentes, et j'ai foncé directement m'habiller dans les toilettes. Parce que j'avais imaginé (sans prévenir personne) un petit détail à ajouter au costume de la Maléfique Reine Mélissa, et qu'il me demanderait un peu de temps à mettre en place. Non, non, je ne changeais rien du côté de mes baskets rouges. C'était autre chose, et je voulais que ce soit une surprise. J'étais d'ailleurs curieuse de savoir si ça se remarquerait. J'ai mis un bon moment à me préparer – plus longtemps que je ne le pensais –, au point que Caroline, Rosemary et Erica sont venues l'une après l'autre frapper à la porte des toilettes pour me dire de me dépêcher. Finalement, j'ai réussi à faire ce que je voulais, et quand je suis sortie des toilettes, tous les élèves de la classe étaient déjà en rang pour descendre au gymnase.

— Tu as changé ton costume, ou quoi ? m'a demandé Rosemary à voix basse.

— Non, ai-je répondu d'un air innocent.

— Si, a insisté Rosemary. Il y a quelque chose qui a changé.

— Non, je t'assure...

Mais c'était un mensonge. Enfin, disons plutôt, une blague.

— Pourquoi ? ai-je interrogé. Tu n'aimes pas ?

— Je ne sais pas. Peut-être... Dis-moi ce que tu as changé, et je te dirai si j'aime bien.

— D'accord, ai-je fini par lâcher. J'ai mis des faux cils.

Rosemary a ouvert de grands yeux.

— Des faux cils ! On dirait des vrais. Sauf qu'ils sont plus gros.

— Ce sont ceux de ma mère.

— Classe ! a dit Rosemary.

Comme on faisait trop de bruit même en chu-chotant, Mme Hunter nous a lancé :

— Les filles ! Chut !

Il fallait se taire maintenant. En descendant au gymnase, on a entendu les parents applaudir la classe de Mme Danielson. Je n'en revenais pas qu'ils applaudissent si fort pour quelque chose que, personnellement, je trouvais ennuyeux à mourir.

— Écoutez-moi, les enfants..., a dit Mme Hunter.

On se tenait devant la porte qui donne sur l'arrière du gymnase, par où on pouvait entrer sans être vus et se glisser dans les coulisses.

— Ce soir, chacun va faire de son mieux. C'est tout ce qui compte. Dites-vous que ce sont vos parents qui vous regardent, et qu'ils vous aiment. Alors, n'ayez pas peur. Ça va très bien se passer.

Sophie est venue à côté de moi.

— Allie... Je voulais m'excuser, encore. Je suis vraiment désolée. Tu me pardonnes ?

— Bien sûr, ai-je répondu.

En plus, je vous assure que je ne mentais pas. Ça arrive à tout le monde de se mettre des idées de grandeur dans la tête. Sauf si on fait preuve de maturité, comme moi.

— Mais... Qu'est-ce que tu as fait à tes yeux ? a ajouté Sophie tout bas.

— J'ai mis des faux cils.

Là, elle était super impressionnée.

— Ah oui ? C'est chouette !

— Merci, ai-je dit simplement.

En voyant sa réaction, j'ai trouvé que Sophie avait réellement changé de comportement depuis que Mme Hunter l'avait retirée de la pièce, puis reprise.

— ... Et surtout, a déclaré la maîtresse, je ne vous dis pas « bonne chance ». D'accord ?

— D'accord, on a tous répondu.

Sauf que les autres ne comprenaient pas vraiment ce qu'elle entendait par là. Moi si. Grâce à Oncle Jay qui m'avait expliqué que souhaiter bonne chance à un acteur avant le spectacle lui portait malheur.

— Bien..., a conclu Mme Hunter, en ouvrant la porte du gymnase.

On est entrés tout doucement et on a vite installé les éléments du décor, pendant que, de l'autre côté du rideau, Mme Jenkins annonçait notre spectacle.

— Et maintenant, a-t-elle dit, les C.M.1 de Mme Hunter vont vous présenter une pièce originale : *La Princesse Pénélope au Royaume du recyclage*.

On s'est tous retirés aussitôt dans les coulisses en laissant Sophie seule sur scène, puisque c'était à elle de parler quand le rideau s'ouvrirait. Ce qu'elle a fait, dès que M. Eckhart a allumé le projecteur.

Sophie avait peut-être le trac, mais elle le cachait bien. Alors que moi, je peux vous dire que j'étais morte d'angoisse. Il y avait *bien plus* de monde que ce matin avec les maternelles, et j'entendais des bruits de chaises, des toussotements et des chuchotements. De ma place, je voyais toute la salle mais impossible de repérer mes parents. Il faisait trop sombre pour distinguer les visages.

Quand Sophie a prononcé sa réplique – le signal que je devais entrer en scène –, j'ai été brusquement submergée par une énorme vague de panique. J'étais *sûre* de ne pas y arriver ! J'allais me tromper, ou oublier mon texte !

D'un autre côté... J'avais répété tous les jours ! Je connaissais mes répliques par cœur, et aussi celles des autres personnages. Je ne pouvais pas me tromper !

En plus, je savais qu'Oncle Jay et mes parents me pardonneraient. Parce que, comme l'avait expliqué Mme Hunter, ils m'aimaient. De la même manière que, moi, j'avais pardonné à Sophie.

Et puis après tout, de quoi avais-je peur ? Les reines n'ont pas peur. Surtout les méchantes reines. C'est-à-dire, *moi*. Je n'étais plus Allie Punchie, mais une reine très, très méchante. Il fallait juste que je garde ça à l'esprit.

Je me suis avancée sur la scène et j'ai parlé avec la grosse voix de la Maléfique Reine Mélissa (un mélange de Missy et de Cheyenne – mais surtout de Cheyenne, même si elle ne s'en était pas rendu compte). Et aussitôt, avant même que j'aie terminé de dire ma première réplique, tout le monde a ri. Mon petit frère Kevin avait raison : j'étais très drôle !

À partir de ce moment-là, je n'ai plus eu peur du tout. J'étais contente de me trouver là, sur une scène ! Et surtout de faire rire le public ! Avec les adultes, ça marchait encore mieux qu'avec les maternelles. Parce que les adultes rient plus fort. Je me suis aperçue aussi qu'il n'en fallait vraiment pas beaucoup pour les amuser. Incroyable ! Ils étaient morts de rire. Je pensais qu'ils riraient *un peu*, à cause de mes chaussures et de mes chaussettes.

Mais *à ce point-là* ! C'était peut-être à cause des faux cils. Ou bien, ils riaient parce qu'ils étaient heureux de voir autre chose qu'une pièce sur l'école au siècle dernier. Ou alors, parce que je jouais super bien (et avec beaucoup de maturité). En tout cas, quelle que soit la raison, ils ont adoré

211

Pénélope au Royaume du recyclage... du début jusqu'à la fin.

Même Cheyenne a fait un effort. Bon, elle n'a pas autant sautillé que le matin devant les maternelles, mais c'était mieux que d'habitude.

Et après la scène où je meurs (je suis partie à la renverse, les quatre fers en l'air en montrant mes baskets rouges, foudroyée par mon propre rayon de pollution), là, tout le monde s'est levé pour applaudir.

J'avoue que j'étais un peu triste pour les autres classes qui présenteraient leur spectacle le lendemain et les jours suivants. C'est vrai, quoi... Comment pouvait-on espérer avoir autant de succès, après nous ?

Quand le rideau est tombé, on a tous poussé un énorme cri de joie parce qu'on était très contents. Mme Hunter a attendu qu'on se calme pour nous mettre en rang et on est remontés dans la classe, où nos parents devaient venir nous chercher.

— Tu étais trop bonne ! m'a dit Sophie.

— Non, toi, tu étais meilleure !

— Non, toi !

— Tout le monde était très bien, a déclaré Erica. Même Cheyenne.

Ce qui était vrai. Du coup, on est allées la voir pour la féliciter. Qui sait si, en continuant à la valoriser, elle ne deviendrait pas gentille. Mais quand on lui a dit qu'elle avait super bien joué, elle a répondu d'un air pincé :

— Oui, *je sais*.

Les parents sont arrivés juste après, et ils ont tous remercié Mme Hunter pour la qualité du spectacle. Même M. et Mme O'Malley, les parents de Cheyenne.

— Je suis ravie que la pièce vous ait plu, a dit Mme Hunter.

Mais elle ne s'est pas étendue. Elle n'a pas ajouté que c'était un bonheur d'avoir Cheyenne dans sa classe, ni que Cheyenne avait fait preuve de maturité, comme elle me l'avait dit à moi. Parce que ç'aurait été un mensonge. J'étais en train de penser à tout ça quand j'ai vu mes parents se diriger vers moi, avec Mark, Kevin, Oncle Jay et Harmony.

— Tu étais formidable ! a déclaré mon père en me serrant contre lui.

Et il m'a chuchoté à l'oreille :

— Ne le répète pas aux autres, mais c'était toi la meilleure.

— J'aimerais bien écrire un article sur la pièce, a dit Harmony. C'est une réflexion très intéressante sur la société.

Oncle Jay, lui, m'a attrapée par les épaules et s'est exclamé :

— J'étais sûr que tu y arriverais ! Tu es sacrément douée, tu sais !

— Merci, ai-je répondu modestement.

Puis ma mère s'est approchée à son tour.

— Oh, Allie, tu étais tellement drôle, a-t-elle dit en souriant.

Mais après m'avoir regardée de plus près, elle a ajouté d'un air stupéfait :

— Qu'est-ce que tu as sur les yeux ? Allie ! Tu m'as pris mes faux cils !

Zut !! J'avais oublié de les retirer.

— C'était juste pour que mes yeux paraissent plus grands, ai-je tenté d'expliquer. Comme toi, à la télé...

Mais ma mère n'écoutait pas.

— Va m'enlever ça immédiatement, a-t-elle ordonné. Ce n'est pas de ton âge. Et sans me demander la permission, en plus ! Je ne suis pas contente, Allie !

Je n'en revenais pas qu'elle me gronde devant tout le monde. Mais bon, j'imagine que je le méritais. Parce qu'une des règles, chez nous, c'est qu'*on ne prend pas les affaires des autres sans demander*. Ce que je m'étais d'ailleurs bien gardé de faire. Vu que je savais qu'elle dirait non.

Bref, après avoir enlevé mes faux cils dans les toilettes, je me suis regardée un moment dans le miroir. Et c'était bien moi qui étais là, Allie Punchie, qui avait été applaudie ce soir et qu'on avait trouvée hilarante. Tous les parents avaient adoré la pièce. D'après M. Harrington, le père d'Erica, j'étais même la vedette de la soirée. Quant au frère d'Erica, John, il m'a juré qu'il n'avait jamais rien vu d'aussi tordant que la scène où je meurs ! Même Missy a levé les yeux de son portable, le temps de marmonner qu'elle m'avait trouvée bonne. Il faut croire que c'était vrai, non ?

D'accord, je n'avais pas eu le rôle que je voulais. Je n'étais pas devenue célèbre (pas encore), et je n'étais pas assaillie par des paparazzi en descendant de ma limousine, sous la protection de mes gardes du corps.

Mais je ne m'étais pas montrée mauvaise perdante, comme Cheyenne, ni prise pour une star, comme Sophie. J'avais fait de mon mieux pour jouer le rôle qu'on me donnait, c'est tout. D'après Oncle Jay, c'est à ça qu'on reconnaissait le vrai talent chez une actrice. Et Mme Hunter m'avait dit que j'avais fait preuve de maturité.

En plus, j'avais eu une véritable révélation : j'aimais jouer sur une scène. Je me sentais vraiment, vraiment heureuse maintenant. D'accord, ma mère m'avait grondée à cause des faux cils, mais j'étais tellement contente quand je pensais au spectacle, à tous les compliments que j'avais reçus... et à la carrière de comédienne qui s'ouvrait devant moi !

Est-ce qu'on pouvait être en même temps actrice *et* vétérinaire ? C'est sûr que ce serait difficile d'avoir deux métiers. Mais pas impossible. Parce que j'avais au moins appris une chose dans cette histoire, c'est que *rien n'est impossible, si on essaie*.

Rien du tout.

Les règles d'Allie Punchie

– Vos amies vous aimeront encore plus si vous leur dites des choses qui leur font plaisir.

– Ne jamais rien manger de rouge.

– Il faut fermer la bouche quand on mange.

– On ne parle pas la bouche pleine.

– Ce n'est pas important d'être populaire. Il vaut mieux être gentille et bien s'entendre avec tout le monde.

– On n'embrasse pas quand on est en C.M.1.

– Cheyenne n'est pas marrante.

– C'est méchant de dire à quelqu'un qu'il va avoir quelque chose parce que personne n'en veut, et non parce qu'il le mérite.

– Il faut toujours dire aux gens qu'ils sont

beaux, même si c'est faux. Ça leur fait plaisir, et du coup, ils vous apprécient plus.

— Arrangez-vous, dans la mesure du possible, pour naître dans une famille où il n'y a pas de petit frère.

— On ne joue pas au foot dans le couloir des chambres.

— On ne claque pas la porte au nez des gens.

— Que le meilleur – ou la meilleure – gagne.

— Si on veut devenir bon, il faut s'entraîner.

— C'est mal de détester les gens.

— C'est toujours mieux de parler que de laisser s'envenimer les situations.

— La meilleure façon de s'y prendre pour qu'une personne ne vous en veuille pas, c'est de lui faire un compliment. Même si vous ne le pensez pas.

— Si on veut réussir, il n'y a pas de règles.

— Les amies essaient toujours de réconforter leurs amies.

— Les amies n'essaient pas de faire de la peine à leurs amies exprès.

— Personne n'aime les gagnants qui se vantent.

— Personne n'aime les mauvais perdants.

— Il n'y a pas de petits rôles, il n'y a que de petits acteurs.

— C'est mal poli d'interrompre les gens.

— Les meilleures amies viennent au secours les

unes des autres quand leur méchante grande sœur les attrape.

– On ne peut pas changer le mauvais comportement de quelqu'un en bon comportement, sauf si on essaie.

– Traitez les autres comme vous voudriez qu'ils vous traitent.

– On a le droit de mentir si c'est pour faire plaisir à quelqu'un.

– Quand on n'a pas le choix, il faut faire avec.

– Si vous êtes sûre de ce qu'il faut faire, faites-le.

– Rien n'est impossible, si on essaie.

– Personne n'oserait jamais dire « la ferme » à Mme Hunter. À moins d'être tombé sur la tête.

– On ne prend pas les affaires des autres sans demander.

« Pour l'éditeur, le principe est d'utiliser des papiers composés de fibres naturelles, renouvelables, recyclables et fabriquées à partir de bois issus de forêts qui
adoptent un système d'aménagement durable. En outre, l'éditeur attend de ses
fournisseurs de papier qu'ils s'inscrivent dans une démarche de certification
environnementale reconnue. »

Composition PCA - 44400 Rezé

Achevé d'imprimer en Espagne par LITOGRAFICA ROSES
32.10.2857.4/01 - ISBN : 978-2-01-322857-2
Loi n° 49-956 du 16 juillet 1949 sur les publications destinées à la jeunesse
Dépôt légal : février 2010